U0078557

國文腦洞天師 吳慧貞 著

推薦序

經典文本的驚天解讀

林淑芬

一場精彩的說書，要以獨特的觀點契入觀眾的思維，要能營造峰迴路轉、引人入勝的情節，時時衝擊觀眾的思考與感受，讓他們產生「為我而言」的鮮活力、產生欲罷不能的入戲狀態。《國文爆卦公社：腦洞大開的19堂古文說書課》就是這麼一本讓人欲罷不能的現代版說書。本書的每篇文字，都能熟稔地切換主客觀的視角，快速有序地穿梭古今。這種破除線性的跳躍式思考，使讀者在作者魔幻的說書氣氛中，充分感受到醍醐灌頂的震撼。

我是作者的忘年之交，更是彼此觀課、評課、說課的工作夥伴。和慧貞老師聊天，往往能在她以簡馭繁卻幽默內斂的表達中，找到清朗又條理井然的方向。承蒙邀約寫這篇書序，我以不同身分的閱讀者，認真的拜讀這本書三個回合：

第一回，以資深老師的身分閱讀這本風格迥異、文句口語的作品——面對著豐富又深入的歷史考證下推陳出新的觀點，我屢屢遏抑住內心的衝擊：『我以前教對了嗎？遺漏了什麼嗎？」急切的把書讀完後，才大大的吁了一口氣：「文本，我沒有教錯；但是考證，我的確是大大的不如！」例如書中針對「六一居士」的名號為何不含「畫作」為話頭，深論宋朝當時的「文化時尚」的偏頗。作者爬梳沈括文章的深意，認為他意在言外，側面烘托出歐陽脩的文化涵養，與一般的「文化登徒子」大相逕庭。這真是令人匪夷所思、立意奇巧的切入點啊！

第二回，改以編審者的角度閱讀，審視本書的寫作結構：以扎實的史學為基礎，由師生問答開啟立論，以說書人的口吻闡發文本，輔以「爆卦新聞板」中嚴謹的資料論述。例如討論〈馮諼客孟嘗君〉，採取溯本追源的角度，從祖宗八代談家風，申論家族的興衰不在一時，而是其來有自——在一句句插科打諢的幽默中，卻隱含一樁樁強勢的翻案，使讀者猝不及防地被作者走出刻板解讀的種種創見說服了而不自知。

第三回，就放鬆自己吧！自然地在問答間引起閱讀的動機，閒散地隨著文字恣意暢快地悠遊，在新舊衝擊下，再次品嘗古文的新滋味——聽聽作者饒富奇意且肆意地將豐富學識與現代時事語彙重新編碼、解讀的趣味，享受翻閱此書時，隨時隨地都有顛覆所知的驚喜！例如〈蒹葭〉竟以學生常見的嬉笑對話為開端，論證這首詩的最大謎題，居然是貌似平凡無奇的三句「宛在水中央」。作者顛覆了我們對傳統六經嚴肅刻板的印象，提出了一個思路清奇的新看法，當真令人忍俊不禁！

本書擅長以文本中的重要文句做為線索，以無厘頭與誇大的敘述顛覆三觀，帶出新世代的驚天解讀，賦予經典另一個更有可能的詮釋。古文是引領學生穿越時空、回溯古人智慧的重要媒介，而本書將課本文字與歷史背景乃至於現代科學交錯組合，讓學生對文本內容的事件感受更加深刻。閱讀此書，必可開創思辨力、表達力，更可以實踐腦洞大開、快樂閱讀的本意。（本文作者在大安高工任教三十四年，現已退休。喜歡嘗試多元教學，並獲得特殊優良教師、教學類金鐸獎、全國 power 教師、閱讀推手獎等殊榮。）

自序 現在看不到未來，未來卻正凝視著現在

「老師，學文言文有什麼用？現實生活中根本用不到！」

「你明明就沒有女朋友，那你電腦裡那些關於『生命奧祕』的影片不也是一樣用不到？」

當國文老師，很難不遇到學生對文言文無用的質疑。

我記得我高中的時候，也是每晚對著艱難的理科題目噴淚，發自內心悲憤地怒吼：「我明明就是文組生，以後根本就用不到ＯＯＸＸ，幹嘛學這個！」

但奇妙的是，歷經激烈的聯考進入夢寐以求的中文系後，我居然開始懷念起那些看不懂的有字天書了？

這是為什麼呢？

尤其是進入社會之後，那些我曾經認定一輩子都用不到的理科知識，反而成為了我

最喜歡聽的床邊故事。看著那些分享科普知識的油土伯跟阿婆主們，以生動又親切的方式解說著從前完全聽不懂的艱澀語彙，我深切地感受到：

學習知識，跟「生活」中用不用得到無關。因為在我們的「生命」中，其實沒有任何知識是無用的。

就比如說，即使結合了數學、物理、材料工程學等所有了不起的理科知識，以及窮人幾輩子也賺不到的數億美金，歷經了千辛萬苦把人類送上月球，證明了月球上沒有廣寒宮跟嫦娥之後，中秋節的浪漫為何不會因為這個生冷無情的事實而消失？李白那些經典之作的價值為何不會因此就變成了跌停板？

而如果你閱讀過《黯淡藍點》——美國天文學家卡爾薩根在看過航海家一號從太陽系邊緣的六十四億公里以外拍攝到的地球照片之後所得到的啟示——你一定也會驚訝於世界上最科學、最理智的頭腦，所發出的感嘆竟是如此的詩意盎然！

上個世紀初期，偉大的印度數學家拉馬努金留下了數千個公式後翩然離世，然而因為沒有人看得懂那些符號，所以在當時根本無用武之地。一百年後的現在，才被證實這些公式可以用來解釋許多現代才開始起飛、發展的科學領域，包括描述黑洞的存在。當年看不懂的數學公式，居然深切影響了百年後的學術思想？

所以說，知識的極限到底在哪裡？

有沒有用，到底是由誰來定義的呢？

文、理的界線又在哪裡？

當太空人衝上雲霄、突破天際，感嘆著NASA應該要派個詩人上太空去描述眼前的浩瀚景象時，他們不知道其實五百多年前年僅十一歲的王陽明，就已經憑藉超凡的想像力寫下「若人有眼大如天，還見山小月更闊」這種從外太空回望地球的詩句了！

我們都聽過「夏蟲不可以語冰」，但是有多少人知道、承認自己就是那隻夏蟲呢？

讓我們想像一下這樣的畫面：

一名高中生——對，就是我——用挑釁的眼神、傲慢的語氣，忿忿不平的對著愛因斯坦問道：「老師，學相對論有什麼用？我是文組生，將來根本用不到啦！」

然後呢？

愛因斯坦需要為此道歉嗎？向那名……無知的高中生？

這其中的荒謬還需要再多說嗎？

孔孟、老莊、司馬遷、唐宋八大家……他們需要乘坐時光機來到現代，為他們的作品申請專利、成立品牌、投入資金、瘋狂行銷嗎？

人的存在太渺小、生命太短暫、所知太侷限——明明就是我的智慧不足以去理解自然科學裡的專有名詞，遷怒老師有什麼用啊？

現在的我，看著過去的我，完全能夠明白高中時的我是多麼的驕傲自大、愚不可及。現在，我之所以動筆寫這本書，就是希望傳達世界上沒有任何一門學問是無用的理念。沒錯，我承認我是理科白痴，方程式與週期表在求學時期帶給我莫大的挫折。但是，文史方面的知識卻彌補了這方面的遺憾，這些領域就是我學習的動力，並且讓我得到屢敗屢戰的勇氣。

文言文無用？這對我而言從來不是問題。它帶給我的勇氣，一直延續到現在，只會隨著歲月的增加、知識的累積而更堅韌。因為大部分的人不會記得每次考試的分數，但是一定會歷經生命的起伏。知識可能對目前的學生而言，只是成績單上的數字；但是對於已經沒有成績束縛的大人而言，它更是經驗的累積與行為的檢驗：

沒有歷經事件，知識只能是文字、是谷歌大神可以搜尋到的數位資訊。然而，能在事件中運用知識、實踐知識，才能明白知識不在於它對現在的你而言是否有用，而是它對於你的一生、乃至於整體人類的貢獻。

李白的詩句，陪我走過了人生低谷；歷久彌新的古文，豐富了地表上五千年的文明。文言文帶給我的單純、美好與勇氣，我渴望藉由本書與你分享。

如果你是學生，這不是教科書，你可以不用背誦那些枯燥的名詞，也不用把內容當成教條，把它看成是國文課本的同人誌、輕小說吧！如果你已經脫離學生生活，還願意翻看本書，那恭喜你，你是真心熱愛一個「無用」的事物，這本書能帶給你的快樂，是由你的內心自然而然湧現出來的，而那才是世界上最無可取代的珍寶！

這份珍寶之所以能出現在你面前，首先要感謝三民書局出版社編輯部同仁，認真看待我在某個平凡午後提出的輕率想法，讓這本書從無到有、由虛化實。同時以無比的耐心和包容，不厭其煩地解決作者天馬行空的思維邏輯所造成的各種內容編排的問題。當然，也要感謝三民書局願意出版這本書。

其次，我要感謝我的父母、家人身體健康，以及我從未出現過的伴侶與子女（？），讓我能夠無後顧之憂地任性寫作。感謝生命中每一位良師益友，特別是大安高工林淑芬老師；她所提倡的文本教學法、提問式教學法，對我的教學方式影響至為深遠。感謝我在教學生涯中遇到的每一位學生：沒有你們對課文提出的問題，我無法深刻體認到學海無涯的道理；沒有你們在生活中遇到的挫折與困境，我無法確切了解到生命的韌度與智慧。

最後，請讀者感謝你自己，因為是你選擇了這本書，遇到了一種跳脫傳統思維的文言文詮釋，讓你有機會以嶄新的眼光看待一門古老的學問。當我們正在為文言文有用無用爭論的同時，想必未來的人類其實也正關注著現在，想知道現在的人類能留給他們什麼樣的文化遺產。

現在的我們看不到未來，未來卻正凝視著現在的我們！

目次

既得不要臉，還得不要命

——非誠勿擾、後果自負的東床快婿

「王羲之拿出了珍藏已久的『六塊肌』和『人魚線』才當上郗鑒的女婿，可見競爭有多激烈！」

「老師，如果競爭這麼激烈，那其他人到底輸在哪裡？」

《世說新語》是魏晉南北朝時期志人筆記小說的代表作，內容記載東漢到東晉間名士的言行軼聞，用現在的話講，就是「**專講名人八卦**」的一本書。這本書共有一千一百三十多則故事，劃分成三十六個門類：你想看名人有什麼了不起的言行事跡，那就從第一類「德行」開始看；但要是你想滿足偷窺的慾望好奇心，知道這些名人私底下有什麼愛恨情仇，那建議你從最後一類「仇隙」倒著往前看，保證精彩絕倫！

由於筆記小說每則故事的字數都不多，閱讀起來不太費力，所以比起《史記》、《戰國策》這類的史書，《世說新語》顯得更加平易、流傳更廣，成為許多成語典故的出處。本文所要八卦說明的故事，就是成語「東床快婿」（或「坦腹東床」）的由來。

「東床快婿」出自《世說新語．雅量第六》的第十九則，內容是東晉大將軍郗鑒如何選中一代書聖王羲之作為女婿的故事。原文敘事簡潔、文字精練，僅僅只有一百多字，是《世說》中非常膾炙人口的一則短文，基本上只要是看過《世說》的人，應該都至少可以說得出這則故事的大意。

奇怪，既然這則故事這麼通俗易懂，應該沒有什麼可以翻案的餘地了吧？

如果你這麼想，那可就太大意了！你以為「東床快婿」是個選秀節目，只要靠神仙顏值、逆天身材就能成功占領C位出道嗎？

那一定是因為你不知道這個祕密：

世界上最玩命的職業，就是當郗鑒的女婿！

老鼠不夠，小鳥來湊——郗太傅在京口的「一日三餐」

想了解「東床快婿」，首先必須要了解時代背景，即「郗太傅在京口」這六個字。根據《晉書．郗鑒傳》，晉元帝司馬睿東渡之初，長江下游的軍事重鎮京口（今江蘇鎮江）被三大軍閥割據，分別是李述、劉演與郗鑒；這其中以郗鑒最得人望，在短短三年間，集結了數萬流民，形成一股強大的勢力——北府兵。此外，北方的羯族人也加入混戰、不斷侵擾京口。於是四方人馬就這樣在京口連年征戰、角逐馳騁，搞得百姓們困苦饑饉、民不聊生，只能靠抓老鼠、捕小鳥充飢。

請問一下，如果你是王家子弟，京口的「野味」，和建康城世族聚集的烏衣巷，你會怎麼選？

烏衣巷吧？至少不用為三餐發愁嘛！抱歉，那你就太年輕、太天真、太不了解東晉政治的黑暗面了！

郗鑒在京口抓老鼠鎮守的第三年，也就是永昌元年（西元三二二年）正月，大將軍王敦因為不滿晉元帝意圖削弱王家的權勢，一時興起（？）就在武昌起兵叛變了！而當時東晉的丞相，剛好就是王敦的堂弟王導。王敦犯上作亂，這可是誅九族的大罪！因此就算貴為最高行政長官，王導也只能每天帶領著二十多位宗族子弟，戰戰惶惶、汗出如漿的以待罪之身跪在皇宮外，祈求元帝大發慈悲，饒過瑯琊王氏百口人的性命。但兩個月後，王敦還是大搖大擺的攻進了首都建康，殺戮朝廷大臣、放任士兵劫掠……

此時的東晉氣數，看來是有如風中殘燭、危在旦夕了！如果你是王家子弟，這時候要選擇支持替王家出氣、即將稱帝的王敦？還是每天跪在皇宮外低聲下氣、只求活命的王導呢？

如果王敦順利稱帝，那麼你有可能成為開國功臣，榮華富貴自是不在話下……

但如果王敦失敗了呢？晉元帝身為皇帝，沒道理坐以待斃、束手就擒吧？

沒錯，晉元帝也不是省油的燈。太寧元年（西元三二三年），晉元帝先是擴張了郗鑒的兵權，讓王敦心生忌憚；接著王敦上表奏請元帝，將郗鑒召回建康擔任尚書令。王敦的本意，是想藉由明升暗降的方式來削弱郗鑒的權力。哪知這招正中元帝下懷，反而讓郗鑒名正言順的擺道回京，與元帝共商伐敦大計。

王敦哪，你想隻手遮天嗎？那你得先問過這支靠著吃老鼠就能抵禦外侮的北府兵肯不肯！

到底是誰高攀誰——郗家為何求王家女婿？

話說郗鑒以貶官（？）之姿回京，卻在這個東晉王朝風雨飄搖、危急存亡的玩命關頭，啥也不幹，搶著先做一件不合常理的事：**向王導求女婿**……

等等，不過是求個女婿而已，怎麼就不合常理了呢？

各位有所不知。在讀「東床快婿」的時候，我們往往誤會郗太傅的身分地位是高於王丞相的。一來郗太傅沒有親自出馬，而是遣門生向王導求女婿，看起來派頭就很大。

二來王導請郗鑒的使者去東廂任意選婿，身段如此柔軟，看起來好像很敬畏郗鑒這位將軍。

事實上，王導出將入相，既是東晉的開國功臣，也是出身門第最高的世族。而在魏晉南北朝「上品無寒門，下品無世族」的標準下，郗鑒卻是不折不扣的寒門子弟：**郗家不是「四世三公」的書香世家，不是出身「家世二千石」的官僚體系，更不是擁有廣大土地和族人眾多的豪強地主**。在「王與馬共天下」的東晉，在「不以王為皇后，必以王為丞相」的瑯琊王氏眼中，誰當了郗家的女婿，等於活生生降低了自己的身分地位，阻礙了自己升官發財的道路。

也就是說，郗鑒向王導求女婿，怎麼看都是郗家想要高攀王家：哪個不長眼的王家子弟，會想白白降低門第，跟未來岳丈一起過著「如果沒有明天」的軍旅生活啊？

但是，郗鑒此舉的本意並非高攀王家，而是要救王家：假如王導一個不長眼拒絕了郗鑒，王家反而會陷入萬劫不復的局面。這是因為王敦的起兵造反，造成了王家子弟進退兩難的局面：

支持王敦就是躋身謀朝篡位的亂黨俱樂部。

同意王導就得繼續當看人臉色的皇家社畜。

而當時的東晉外有胡人虎視眈眈、伺機南下入侵；內有王敦起兵造反、政權危如累卵。加上對王家不滿的其他世家大族或寒門軍閥，此時也藉機對王家落井下石，想要趁亂掌握朝廷大權。這時候的王家子弟，可說是人人自危，不知何去何從。因為只要踏錯一步，就是粉身碎骨……

就在王家進退兩難的尷尬時刻，郗鑒卻提出了聯姻的要求！

而這齣選秀婿節目，恰恰成功的把即將踏入陰間的王氏家族拉回陽間了！

原來，表面上郗家向王家求女婿的舉動是趁機高攀王家，但是那些反對王導的人已經嗅出了不尋常的味道。因為實際上，郗鑒這是在對王導伸出援手，表達出與王家攜手共渡難關的意願。與此同時，也是在給反對王導的人釋出訊息：我郗鑒擁兵數萬，誰敢為難王家，那就是與我郗家為敵！

因為不要命，所以不要臉——王羲之為何坦腹東床

王導當然明白郗鑒的用意。此一時也，彼一時也！即使他門第再高，也只能向現實低頭，讓郗家的門生使者去東廂任意選婿。一來可以表明自己對東晉王朝的赤誠之心，二來也是表達對郗鑒雪中送炭的感激之意。

這下終於真相大白了！

王家子弟「聞來覓婿」時，為何個個「咸自矜持」？這是因為跟郗家聯姻完全是出於政治上的考量，壓根兒沒人想當他的女婿。誰不知道當郗家女婿是一個徹底的「三輸」局面？

首先，這等於是表明立場，擺明要與王敦為敵。

其次，和寒門郗鑒結親，是降低自己的門第，影響政治前途的。

更重要的是未來在餐桌上，岳父殷勤招待你吃老鼠時，你吃還是不吃？

所以說，你以為王家子弟們是在競爭什麼可以少奮鬥三十年的豪門女婿嗎？搞清

楚！這是在立視死如歸、有去無回的軍令狀啊！

於是大家就這樣你看我、我看你，不是在摸頭髮、就是在整理衣襟，沒有人敢大聲說話。誰要是因為喘了一口大氣而被郗家看上了，那就是倒了八輩子的大楣！雖然為了王家百口性命，誰都不敢、也不能拒絕選婿，但是也沒有人傻到想自動請纓、引起郗家使者的注意……

咦？不對，就在這個既尷尬又沉默的氛圍中，居然真的有人引起郗家使者的注意了？誰？到底是哪個傢伙不要命了？

此時此刻，有一個人「在東床上坦腹食，如不聞」，裝作不知道郗家來選婿，在床榻上露出肚子吃東西。這畫面、這舉動，看起來格外地不要臉豪邁不羈、引人注目。

怎麼知道他是「裝作」不知道（其實心知肚明）呢？因為王家子弟個個都很矜持，只有他一人不是。假如他真的不知道郗家是來聯姻的，光是看周遭沉默詭異的氛圍也該讀懂空氣了，怎麼可能如此輕鬆自在？

因此，這個人其實是藉由「在東床上坦腹食」的動作，對郗家使者發出一個明顯的訊號：

反正我很閒啊！選我！

而郗鑒聽了使者「在東床上坦腹食，如不聞」的形容，也秒懂了這位王家子弟的心意。

這位王家子弟真是了不起啊！

他願意選擇大義，與王敦為敵！

他願意委屈自己、降低自己的門第、犧牲自己的政治前途！

他甚至可能因為郗家女婿的身分，最終在戰場上葬送寶貴性命……

即使如此，他也在所不惜！

「正此好。」試問還有誰能比他更好、更閒賢呢？

而這個人，就是為王導器重、受王敦賞識，與王述齊名的王逸少，也就是鼎鼎大名的書聖——王羲之。

天師贊曰

光用毛筆寫書法就可以寫到入木三分，這勁道之強也是沒誰了，王羲之的核心肌群果真是貨真價實、童叟無欺！

爆卦新聞板

郗家姻親被當塑膠？辛酸畫面流出

郗鑒向王導「求」女婿，反映出郗鑒門第低於王家，結為姻親其實是「門不當戶不對」的。《世說新語．賢媛第十九》第二十五則中，郗鑒的女兒郗璿（王羲之的夫人）就明白表達出她對王家勢利眼的極度不滿。她對貴為司空的弟弟郗愔，以及身為中郎將的弟弟郗曇說：「王家見到謝安、謝萬二人來了，立刻翻箱倒櫃、盛情款待；看到你們到了，都很淡定，沒有任何表示。說真的，你們可以識相點，以後不要再來了。」

王家對身為親家、又是朝廷重臣的郗家親舅，當成像塑膠做的透明人一樣無視。但是對官職相近、門第相當的謝家，卻青眼有加、不敢怠慢。由此可見魏晉階級之森嚴，也可以看出王家目中無人的傲慢與自大。

任君擇婿的背後，究竟有何居心？

「君往東廂，任意選之。」這句話委婉表達王導不想推舉任何子姪之意。因為瑯琊王氏是當時門第最高的世族，成為郗鑒女婿相當於門第降低，仕途也會跟著受影響。若王導推薦任何人選，就等於要求他犧牲前途。這點從後來王羲之的官職無法高於出身太原王氏的王述即可印證。

十歲抬頭！智慧過於常人的書聖

《世說新語．假譎第二十七》的第七則中提到：王羲之大約十歲時，大將軍王敦非常喜愛這個晚輩，常常把他帶在身邊，讓他出入軍帳。有一次王敦在軍帳內跟屬下商討叛變的計畫，忘記王羲之也在軍帳裡睡覺。王羲之聽到王敦要謀逆，知道自己可能會沒命，於是心生一計，假裝自己熟睡已久，口水都流出來了。王敦走近他身邊，看到這情形，也就放心了。於是王羲之的機智之名便不脛而走。

這則故事透露了兩個訊息。一是王敦非常疼愛王羲之，二是王羲之非常聰明機警。

而坦腹東床的故事等於再次驗證了王羲之的過人之處：在巨大壓力下，他能急中生智，以「坦腹食」的行為吸引郗家使者的注意。這樣做不僅可以讓王家成功獲得郗家的應援以抗衡來自其他世族的壓力，還可以順利化解王敦對自家人與郗家聯姻的不滿。所以說，能靠一個看似任性荒誕的舉動得到最頂的效益，這就是「坦腹東床」為何沒有列在《世說新語・任誕》的真正原因！

漁人的奇幻漂流——〈桃花源記〉（上）

「〈桃花源記〉是陶淵明虛構的故事，他用『桃花源』象徵小國寡民的恬靜樂土，現實中並不存在。」

「老師，谷歌地圖上為什麼找得到桃源縣桃花源鎮？」

〈桃花源記〉是一篇我們耳熟能詳的古文，內容敘述東晉武帝太元年間，有個武陵郡漁人誤打誤撞進入了一處人間仙境「桃花源」。漁人在桃花源中待了幾天就離開，然後帶人去尋找這處仙境，卻再也找不到了……

這篇古文，如果拿掉「桃花源」三個字，換成一處幽深古宅，再把「漁人」換成一個百無一用的「書生」，那可就跟《聊齋誌異》中的故事架構幾乎沒什麼兩樣了！有趣的是，這篇像極了鬼故事的〈桃花源記〉，一直以來都被詮釋成人們對理想樂土、美好生活的嚮往。主角「漁人」也被認為是個起了機心，所以導致無法再度進入桃花源的「愚人」。

奇怪了，「桃花源」中的生活如果真的這麼恬靜安和，漁人為何要離開呢？而且只要找到桃花林，就可以進入桃花源的話，那為何「後遂無問津者」呢？

今天，讓我們換個角度想想：

這篇古文中所說的「桃花源」，有沒有可能不是憑空想像出來的地方？我們是不是可以找到客觀的證據，去證明它的真實性？而主角「漁人」，有沒有可能其實一點也不「愚」呢？

林盡水源——讓你扶不住下巴的季節線索

閱讀〈桃花源記〉時，如果問你這個故事的季節是在什麼時候，沒意外的話大多數人的會回答「春天」，理由很直截了當：「桃花」就是春天的代表性植物。然而，讀完這篇將近四百字的〈桃花源記〉，除了「忽逢桃花林」之外，通篇都沒有出現過代表季節的「春」字。就連這片「桃花林」，也因為「漁人甚異之」而顯得非常可疑。

嗯……說真的，難道你沒有好奇過，漁人到底為何「甚異之」嗎？

你可能會想：不過是在春天看到了一片桃花林罷了，有什麼可好奇的？桃花是三月花神，不就代表春天嗎？這邏輯沒毛病嘛！

是這樣的，一位武陵漁人，一時心血來潮（？）沿著溪水不斷划船。划呀划的，不知道划到哪兒去了。根據「緣溪行」三個字，我們可以知道這位漁人並非漫無目的地亂划一通，而是沿著溪流划行，也可以想像這位漁人划船的動作，顯然是輕輕鬆鬆、毫不費力的，所以才會「忘路之遠近」。那麼問題來了：

所謂「沿著溪流划行」，是順流而下、還是逆流而上呢？

哇！這問題簡直有辱讀者的智商是吧？從「忘路之遠近」的划船動作來想像，怎麼看都是「順流而下」囉！

你看吧！果然大意了！其實文中明白的告訴讀者，這位漁人是逆流而上：

林盡水源，便得一山。

因為桃花林的盡頭就是溪水的「源頭」，所以毫無疑問，漁人是逆流而上。

這就奇怪啦？如果是逆流而上，照理來說應該會很費力啊？能夠不費力地逆流划船，可見水流速度並不湍急，或者水流量並不大。那麼，水流速度不湍急、水流量不大的季節是什麼時候？

答案就是〈醉翁亭記〉中所說的「風霜高潔、水落而石出」秋冬之際。

現在，你知道這位武陵漁人為什麼見到桃花林會非常驚訝了！

晉太元中，武陵人，捕魚為業——極端氣候下的漁人生活

唐代詩人張志和在他的詞作〈漁歌子〉是這麼說的：

西塞山前白鷺飛，桃花流水鱖魚肥。青箬笠，綠蓑衣，斜風細雨不須歸。

沒錯，在白鷺悠閒展翅的西塞山前、在桃花燦爛盛開的陽春時節，鱖魚肥美、令人垂涎，正是適合出門捕魚的時間！就算是斜風細雨，想到傍晚可以滿載而歸的光景，怎能不立馬穿上蓑衣、戴著斗笠，興奮的出門展現職人的敬業精神呢！

奇怪了，放著大好春光不去欣賞捕魚，反而選在冷風颼颼的秋冬季節出門？這個武陵漁人的腦袋到底在想什麼？還有，他又為什麼要選擇逆流而上？難道只是一時興起、心血來潮去看風景？

其實如果只是一時興起，漁人大可不必逆流而上。因為按理來說，順流而下絕對可以更輕鬆、更不費力。又或者，他也可以找到一處遠離塵囂的所在、安詳靜謐的湖面，當個「獨釣寒江雪」的「孤舟蓑笠翁」，霸氣的獨占廣袤無邊的天地。最好這時有位

詩人不小心經過，然後把這假掰唯美的畫面寫成千古流傳的詩句……

這樣不是更清閒、更自在、更文青嗎？

但是漁人卻偏要反其道而行，選擇含淚（？）離開溫暖的被窩，在寒風刺骨的秋冬之際，划船逆流而上。這就表示他出門不是為了要裝文青修身養性，而是另有目的的。那麼以「捕魚為業」的漁人在寒冷的季節出門划船，能有什麼目的呢？

別瞎猜一通了！還不就是去捕魚嘛！

咦？那就奇怪了，這位武陵漁人為何偏偏選在秋冬季節出門捕魚呢？怎麼不是趁春天的大好時光出門謀求生計呢？是不是這位「捕魚為業」的漁人不夠專業，不知道該在哪個季節捕魚？

哦？「捕魚為業」的漁人不知道在哪個季節捕魚？莫非他是個「新手漁人」？因為才剛入行，所以不懂門道？可以，這很「愚人」。但事實是，只在春天捕魚，能維持生計嗎？醒醒吧！想也知道不可能！

那麼漁人到底該在什麼季節出門捕魚才合理呢？

首先，春、秋兩季是洄游魚類的產卵季節，這時候最容易捕到魚。其次，冬天時魚兒的習性是大多會躲在比較溫暖的下游，並且聚集到岸邊，在水域稍深的石頭或水草縫隙中覓食。因此如果能夠順流而下、沿著溪岸捕魚，也可以提高漁獲量。

所以，只要不是漁人想拿生命去換生計，那麼避開雨量最高、水流最不穩定的時節，就算漁人在秋冬出門捕魚，也是很正常的事啊！

等等，似乎有點怪怪的？剛剛不是才說冬天要順流而下才能提高漁獲嗎？那麼漁人為什麼還要特地在秋冬之際逆流而上、往上游去捕魚呢？要知道武陵郡位處沅江流域，往下游去，可就是鼎鼎大名的洞庭湖了耶！這還不夠漁人大撈特撈一番？

最合理、最直接的原因，一定是：**不能去中下游！**

為什麼呢？因為從三國到魏晉南北朝，中原大地正好遭逢氣候由暖轉冷的氣候變遷。根據《晉書．五行志》，從三國到南朝之間，發生了長達百年的氣候異常現象：明明大雨致災的紀錄不多，但卻在夏、秋兩季反覆發生水災，這就說明致水成災的原因不是來自最大的因素——降雨，而是第二個因素——融雪。因為冬季天冷，積雪較多，當夏季氣溫升高，大面積的積雪融化，便導致中下游水災。

看到這裡，你就可以確定漁人不是在秋季、而是在冬天出門捕魚，並且看到一大片桃花林了！

此外，氣候異常不僅會導致水災，也會引起旱災。光是晉武帝年號太元的二十一年之間，有紀錄可考的旱災就有六次，而水災也高達十二次。其中，**太元十年五月才發生水災，七月又發生旱災與饑荒**。正因為旱、澇反覆不斷，導致人民流離失所、生活困頓，所以漁人才會為了討生活，不得已在刺骨寒風中，不是往水量不定的中下游、而是往水量較少的上游去碰碰運氣……

喔！你想起來了？

〈桃花源記〉第一句所交代的時代背景，不早不晚、恰好就在「晉太元中」呢！

甚異之，復前行，欲窮其林——勇闖祕境的武陵漁人

在氣候異常的情況下，漁人顯然必須要看準了天候、水量，才能出門捕魚。沒想到逆流而上的他，居然看到了一個不可思議的畫面：

忽逢桃花林，夾岸數百步，中無雜樹，芳草鮮美，落英繽紛……

武陵漁人驚呆了！現在可是冬天啊！這個季節哪來的桃花？

而且這一大片的桃花林，中間竟然沒有任何其他樹種？這顯然不是野生的、零星生長、胡亂分布的桃花樹，一定是哪個大戶人家刻意栽種的。不僅如此，這個大戶人家還得花一大筆錢、僱一大堆奴僕，好生伺候這個一望無際的桃林，才能形成眼前如此夢幻絕美的景色。

那麼，問題來了！

首先，代表春天的桃花，真的會在冬天盛開嗎？其次，是哪個大戶人家種了這麼一大片桃花林呢？

讓我們先解決第一個問題：**桃花是否會在冬天開放？**

不說你不知道，居然還真的有可能！我們知道，農曆正月至三月為陽春，是桃花開放的季節。但是**農曆十月，也有「小陽春」之稱**，在特定條件之下，花期在春天的植物，也有機會在這時候開花。例如《紅樓夢》第九十四回〈宴海棠賈母賞花妖，失寶玉通靈知奇禍〉中就描述了這樣一項奇景：

「怡紅院裡的海棠本來萎了幾棵，也沒人去澆灌它。昨日寶玉走去瞧，見枝頭上好像有了蓇朵兒似的，人都不信，沒有理它。忽然今日開得很好的海棠花，眾人詫異，都爭著去看，連老太太、太太都哄動了，來瞧花兒呢。所以大奶奶叫人收拾園裡的樹葉子，這些人在那裡傳喚」……大家說笑了一回，講究這花開得古怪。賈母道：「這花兒應在三月裡開的，如今雖是十一月，因節氣遲，還算十月，應著小陽春的天氣，因為和暖，開花也是有的。」王夫人道：「老太太見的多，說得是，也不為奇。」

海棠的花期本來是在春天，但只要氣候條件適合，即使是農曆十月、甚至是十一月，都有可能開花。

你可能會嗤之以鼻：拜託！小說的情節能算數嗎？但明朝袁宏道的〈晚遊六橋待月記〉，不也曾清楚寫出「今歲春雪甚盛，梅花為寒所勒，與杏、桃相次開發」嗎？既然梅花這種冬天的代表植物，也會因為氣候太冷而導致花期錯亂，與杏、桃一起在春天開花，那麼在有「小陽春」之稱的十月，加上魏晉以來正好遭逢了極端氣候，武陵漁人在冬天遇上了百年難得一見的桃花盛放奇景……

唉呀！厲害了！這還真的是有可能會發生的事呢！

其次，是哪個大戶人家種了這麼一大片桃花林的？這麼一大片桃花林，就這個漁人發現？難道沒有其他漁人發現嗎？

事實上，其他漁人如果看到了這麼一大片桃花林，他們肯定是光速逃離、片刻也不敢逗留的！因為在魏晉南北朝時期，可是有著嚴格的階級制度，像王子敬這種高門第、高種姓、身上流著高貴血緣的世族子弟，才能隨意進入人家的豪宅莊園亂逛一通也沒事❶，一般的平民老百姓要是闖進了達官貴人或是哪個土豪的龐大家業裡，那還不嚇得

❶《世說新語．簡傲第二十四．十七》：「王子敬自會稽經吳，聞顧辟疆有名園，先不識主人，徑往其家。值顧方集賓友酣燕園中，而王遊歷既畢，指麾好惡，傍若無人。顧勃然不堪曰：『傲主人，非禮也；以貴驕人，非道也。失此二者，不足齒之傖耳！』便驅其左右出門。王獨在輿上展轉顧望，左右移時不至，然後令送著門外，怡然不屑。」

屁滾尿流啊！絕對是擔心小命不保、立馬就轉身「火影跑」了！

但是這位武陵漁人，居然違反了一般的常識，即使闖進了豪門貴族的家業也不怕，居然反而想要窮盡這片桃林，登門造訪桃花林的主人？

我就想問問：

這位武陵漁人到底是有何來歷？他的膽子是不是養得有點過於肥大了？到底是哪來的勇氣讓他超越了對死亡的恐懼，大大方方的闖進世族豪強的莊園呢？

爆卦新聞板

這片桃花林讓漁人驚呆了！原因竟是……

漁人感到非常奇怪的原因可能有兩點：

一是季節，即此時的桃花為錯期開放，蔚為奇觀。

二是桃花林的主人是誰，因為在階級制度之下，平民百姓如果闖進了豪門世族的產業，通常都會儘速離開，以免招來殺身之禍。

不過由「欲窮其林」這句可確知，讓漁人深感奇怪的是桃花林，而不是擔心闖入桃林的後果。所以他才會大膽的繼續向前划行，想要窮盡這片桃林。

彷彿若有光——光芒原來暗藏玄機！

什麼叫「彷彿若有光」？有光就是有光，沒有光就是沒有光啊？

之所以會以「彷彿」、「若」來形容，就表示洞口所發出的光並非持續性的，而是若隱若現的閃光。原來武陵郡這個地方的特產正是顏色偏淡的石英砂岩，這種砂岩中含有水晶、方解石等礦物，在陽光下可折射出忽明忽滅的亮光。所以漁人看到的洞口才會出現「彷彿若有光」的景象喔！

過了那道光之後——〈桃花源記〉（中）

「老師我想問一下，如果你是那位武陵漁人，洞內是人間仙境，洞外是人間煉獄，你會選擇離開嗎？」

「當然不想！」

「既然不想，那漁人當初為什麼要離開？」

講到〈桃花源記〉，大多數人會認為漁人是因為忘卻機心才進入桃花源的，後來因為起了機心所以再也找不到桃花源。

而且不只武陵漁人，那位「高尚士」劉子驥刻意要尋找桃花源，結果還沒出發去找，居然就病死了呢！可見桃花源這個人間仙境只要刻意為之就找不到。為什麼呢？

當初第一批進入桃花源的人到底是誰？他們難道沒有半點機心？從漢朝到魏晉六百年的時間，難道不曾有人闖進這處人間仙境？

桃花源裡的人為什麼不走出桃花源？

桃花源外的人又為什麼進不了桃花源呢？

土地平曠，屋舍儼然——遺世獨立的淨土世界

勇氣可嘉（?）的武陵漁人「緣溪行，忘路之遠近」，誤打誤撞地闖進了入口隱密的桃花源。而且，不只是洞外的桃花林令人詫異，洞內的景色也讓漁人大為驚嘆！

首先是「土地平曠，屋舍儼然」這八個字。

自東漢末年（西元一八四年）爆發黃巾之亂，一直到東晉太元（西元三七六～三九六年）年間，歷經多次朝代遞嬗、戰爭動亂，導致生靈塗炭，百姓生活痛苦不堪。東漢中期，人口約有六千五百萬左右，到三國時期竟然僅剩兩千三百萬人，人口銳減了百分之六十五。這種十室九空的慘狀，連曹操看了都為之斷腸：

白骨露於野，千里無雞鳴。生民百遺一，念之斷人腸。——〈蒿里行〉

戰爭不僅造成死傷無數，同時也帶來一次又一次的瘟疫和饑荒。朝不保夕的生活，使人民連基本的人性都難以維持。建安七子之首的王粲，就曾在作品中敘述親眼看到慘絕人寰的景象：

出門無所見，白骨蔽平原。路有飢婦人，抱子棄草間。顧聞號泣聲，揮涕獨不還。未知身死處，何能兩相完？——〈七哀詩〉

詩人出門所見，遍地都是令人不寒而慄的白骨。在這片陰森森的平原中，路邊有位婦人，正準備將抱在懷中的嬰孩丟棄在草叢間。就算聽到嬰兒大聲哭泣，飢餓到了極點的婦人也只能流淚棄養無辜的孩子。因為當母親的都不知道能活多久了，又怎麼可能好好養育小孩呢！

如果世上真的有煉獄，大概就是這幅景象了吧！

在如此動盪不安的時局下，竟然還能有一處桃花源？

「土地平曠，屋舍儼然」，什麼！這裡沒有經過戰火蹂躪，土地、屋舍依然完好？「有良田、美池、桑、竹之屬」，不只如此，這兒有不受水、旱等天災肆虐的良田，有可以自給自足的池塘，有桑葉可以養蠶取絲，還有竹林可以製作各式各樣的日常生活用品？

「其中往來種作，男女衣著，悉如外人；黃髮垂髫，並怡然自樂」，哇啊！相較於洞外的斷垣殘壁、陰森慘烈，眼前的景象實在太令人難以置信了！比起自己在冬天還得逆流而上、煩惱生計，可以在良田、美池之間往來種作的村民實在太幸運了！比起慘無人道的「路有飢婦人，抱子棄草間」，可以在完好的屋舍裡享受天倫之樂的爺孫實在是太幸福了！這裡是天堂嗎？

這就是天堂了吧！

看到一個洞口，發出若有似無的光，走進去之後，是一片天堂景象……我的老天鵝呀！這不是「瀕死經驗」常見的描述嗎？

漁人該不會是闖進西方淨土世界了？

男女衣著，悉如外人——為何衣著是「外人」的判斷標準？

不對啊？淨土世界裡的人需要良田、美池來供應食物嗎？需要桑、竹提供衣物的原料嗎？

根據南朝梁任昉《述異記》的記載，仙童只要給人吃幾顆棗子，就可以渡過上百年的時光❷，可見真正的仙人物質需求是非常低的！一堆仙人在田中「往來種作」，這

---

❷《述異記．卷上》：「信安郡石室山，晉時王質伐木至，見童子數人棋而歌，質因聽之。童子以一物與質，如棗核。質含之，不覺飢。俄頃，童子謂曰：『何不去？』質起視，斧柯盡爛。既歸，無復時人。」

像話嗎？所以說桃花源不是西方極樂世界，裡頭住的是跟我們一樣、擁有物質需求的正宗人類啦！

那麼在這處「疑似」淨土世界的桃花源裡，住了什麼樣的「正宗人類」呢？首先，我們從衣著來檢視：

「男女衣著，悉如外人」，對漁人而言，這桃花源裡的人，所穿的服飾跟武陵當地人是完全不同的。

不僅如此，「見漁人，乃大驚」，也就是說對村民而言，漁人的服裝也一樣令他們很驚訝。

咦？武陵漁人與這些村民的衣著服飾為何會大不相同？

原因很簡單，陶淵明在〈桃花源詩〉中明確寫著桃花源內的生活，還是跟古老的社會一樣：「俎豆猶古法，衣裳無新制」。因為漁人身上是晉代平民的穿著打扮，而桃花源內的人不論生活還是服裝，都還停留在古時候的風俗習慣，所以漁人一看就覺得桃花源內的村民是「外人」：

這些人不是武陵當地、而是來自外地的人。他們就像粉墨登場的古裝演員一樣，穿著東晉平民從沒見過的服裝樣式。

但也有人持反對意見，認為雖然貴族或官員的服飾會隨著朝代遞嬗而有所不同，但其實平民百姓的服裝打扮差異不會太大。

詳實的考究就留給專家了，這裡只用最簡單易懂的方式，去說明漁人與桃花源的村民在衣著上是如何的大不相同。北宋司馬光在〈訓儉示康〉中提到了平民百姓的「服裝演變」：

> 近歲風俗尤為侈靡，走卒類士服，農人躡絲履。

這句話明白指出，當生活富裕、民風開始變得奢侈的時候，百姓們的穿著確實會產生變化。要嘛是服飾的樣式接近世族，要嘛就是材質的等級變高。

前面說過，武陵漁人生活在水深火熱的東晉時期，但桃花源內卻沒有遭受戰爭摧殘、村民的生活也能自給自足，因此我們可以合理的推測：

姑且不論他們服裝的樣式是否相異，光是材質上就一定會有明顯的不同。

桃花源內有桑樹，可以採桑養蠶、取絲織布，再加上桃花源未受戰火波及，想當然耳，他們的服裝材質肯定不馬虎。但是這位生計困難、冬天還得出門營生的漁人，他身上所穿的服裝即使不到衣衫襤褸的地步，大概也是短褐穿結的程度了吧！

想像一下：漁人誤打誤撞、進了桃花源，而桃花源內這群村民住在高級農舍、穿著舒適材質製成的服裝，突然看到一個看起來貧窮寒酸、穿著廉價衣服的外地人闖進來。這就好比不請自來的劉姥姥闖進了大觀園一樣啊！

像劉姥姥一樣生活困苦的漁人，看到GDP這麼高的村民怎能不驚訝？而生活富裕的村民們，看到這個鶉衣百結的貧窮漁人，又怎能不驚掉下巴呢！

問所從來，具答之——漁人老鄉意外遇見村民老鄉

令人更驚訝的，是「問所從來，具答之」這兩句話。漁人不僅能聽懂村民所說的

話，還能據實以告。這不就表示武陵漁人和桃花源村民所使用的語言是相通的嗎？

原來淨土世界桃花源的居民，說的是武陵漁人的語言呢！

漁人和村民的服裝完全不同，但是語言卻能相通，這是為什麼呢？我們回頭看〈桃花源記〉的前三句話：

> 晉太元中，武陵人，捕魚為業。

時代是東晉，地點在武陵。這就表示：

漁人的穿著打扮，是東晉時代的風格。

漁人所說的語言，除了官方語言外，也可以是他的母語，亦即武陵地區的方言。

反過來說，就是桃花源內村民的穿著服飾風格與漁人大不相同，但使用的語言卻和漁人是一樣的：要嘛說東晉的官方語言，要嘛是武陵地區的方言。

不過，從村民自曝「**先世避秦時亂**」來看，村民不可能會東晉的官方語言。所以，

桃花源內的村民，和漁人一樣說武陵地區的方言。而東晉時期的武陵郡，上溯到戰國時代，就是楚國所設置的黔中郡。所以武陵漁人和桃花源內的村民，都使用楚地的方言。

唉呀！原來漁人和村民，是「**老鄉見老鄉，兩眼淚汪汪**」啊！這就說明了漁人和村民為何可以毫無困難地對話、溝通了。

好，現在的問題是：這些使用楚國方言的人，為什麼會住在桃花源裡呢？

先世避秦時亂——與世隔絕六百年容易嗎

〈桃花源記〉中說得很明白：

> 自云先世避秦時亂，率妻子、邑人來此絕境，不復出焉，遂與外人間隔。

桃花源內的居民並不是「當地人」，而是祖先為了躲避秦朝的動亂才遷徙過來的。從「率妻子邑人」一句來看，這位「祖先」是個「邑長」——相當於現今的鄉長或鎮長，他率領妻兒子女以及鄉里的居民找到了這塊人間淨土，從此不再離開這裡，所以和外人隔絕了。

仔細想想，「不復出焉，遂與外人間隔」，這兩句話真的是令人難以置信！從秦朝動亂到東晉太元，居然可以完全與外界隔絕，而且一隔就隔了將近六百年！這是怎麼辦到的呢？

首先，文中已經給了線索：

便捨船，從口入……既出，得其船。

你發現了嗎？整篇〈桃花源記〉，除了這艘出現過兩次的小船，從頭到尾居然沒有提到任何交通工具！這實在太說不過去了！但其實陶淵明在〈桃花源詩〉中，已經給出了線索供後人去尋思：

往跡浸復湮，來徑遂蕪廢。……荒路曖交通，雞犬互鳴吠。

「來徑遂蕪廢」、「荒路曖交通」這兩句，說明了桃花源內沒有什麼對內交通或對外聯絡的道路，所有的路徑全都被荒草埋沒了。既然沒有道路，可想而知也不需要用驢、騾負重，或用馬來拉車。

此外，除了武陵漁人的小船外，文中也沒有提到洞內外有任何船隻。由此可知，桃花源的村民也不需要搭船出遠門。

沒有對外交通的道路、也沒有船隻可以遠行，洞內所有人都沒辦法跟外界聯絡，自然就「不復出焉，遂與外人間隔」了！

為了與外界徹底隔絕，沒有驢馬、沒有舟車，這也太不容易了！外頭的世界再怎麼改朝換代、紛紛擾擾，洞內的村民依舊過著他們快樂淳樸的小日子。這該是多麼天真無知的一群人啊！

那你就大意了！

你可別忘了，桃花源還有一個可以向外界聯絡的地方喔！就是漁人進來的地方，那個「初極狹，纔通人」的洞口。

如果真的要徹底與世隔絕，那這個洞口就應該好好封住，不要讓外人有機會進入啊？既然現在有外人從洞口進來了，那要怎麼做，桃花源才能繼續與世隔絕下去呢？

黃髮垂髫，為何是和平的象徵？

漁人看到桃花源內七、八十歲的老人含飴弄孫的景象時，一定非常驚訝：這裡的老人竟然能神奇的從一次又一次的戰爭中倖存下來？那些看起來無憂無慮的幼童們，在瘟疫和饑荒接踵而來的情形之下，居然不必擔心被「易子而食」，歡樂的度過正常的童年生活……？

按理來說，十四歲以上的丁男常被徵調去從軍，往往因戰爭而無法自然老死；而水旱、瘟疫和饑荒頻仍，幼童存活的機率也不高。所以說，「黃髮垂髫，並怡然自樂」一句，恰恰印證了桃花源「土地平曠，屋舍儼然」的景象，顯示桃花源中確實未受戰火、天災等波及。

桃花源裡為何沒看到青少年下田工作？

桃花源中有老人小孩共享天倫，有成年男女在田間往來種作，那青少年都到哪兒去了？怎麼沒看到呢？

其實我們對比一下現代社會常見的景象就知道了：白天會在各種工作場合出現的，大多是成年人。而青少年呢？沒有意外的話，就是在學校裡接受國民教育啦！

《孟子．滕文公》中提到：「設為庠序學校以教之：庠者，養也；校者，教也；序者，射也。夏曰校，殷曰序，周曰庠，學則三代共之，皆所以明人倫也。」所以「教育」可不是現代社會專有的名詞喔，中國自四千年前的夏朝開始，就已經開始興辦教育了，校、庠、序，就是三代時期的學校。

那古人在學校都學些什麼呢？周代規定，貴族子弟八歲要入「小學」，十五歲要上「大學」；小學要學識字，大學要學做人處事的道理。而桃花源人的先祖來自秦朝，秦朝的教育制度是「以法為教，以吏為師」，老師上課就是在教人民守法。

那麼桃花源裡的青少年上課學什麼呢？當然早就不可考了。不過可以肯定的是，他們一定會上歷史課。否則六百多年過去了，桃花源裡的居民怎麼可能還記得祖先來自秦朝呢？

往來種作，全靠人工？——桃花源的田裡為何沒有牛！

漁人進入桃花源時，只看到成年男女在田間種作，沒有牛隻。這就代表桃花源中沒有養牛囉？

其實不是，這代表季節是在冬天，牛隻不須辛苦耕田，都在牛棚好舊爽爽，吃草過冬了！所以文章才會說桃花源的人是在「種作」，而不是「耕作」。因為「耕」是指「耕田」，也就是春夏秋三季的農務；「種」是指「種菜」，也就是收成後，在寒冷的冬天種植農家所需的蔬菜。這也更加證明漁人是在冬天時闖進桃花源的，因此他看到桃花林時才會「甚異之」。

再也回不去了——〈桃花源記〉（下）

「〈桃花源記〉中的主角之所以設定成一位『漁人』，是因為『漁』和『愚』諧音。所謂的『漁人』，其實就是『愚人』之意。」

「老師，這個『愚人』這麼厲害，可以不靠谷歌大神就把漢朝到東晉的歷史一口氣講完嗎？」

桃花源內的居民真的那麼天真無知嗎？他們為什麼不封住唯一的出入口呢？

不知道各位讀者有沒有聽過一九九一年美國亞利桑那州所做的「生物圈二號」實驗？這個實驗原本是要測試人類是否有可能在一個完全封閉的生態系統中存活，然而從一九九一到一九九四年間，共計兩次的實驗計畫都以失敗告終。這就是說，即使在科技發達的現代社會，也還找不到可以完完全全、徹徹底底與世隔絕的生活方式，更不用說是遠在一千六百多年前的東晉時代了！

因此，那唯一的出入口，證實了桃花源的村民即使可以想方設法斷絕人與人的連結，卻絕對不可能斷絕洞內與大自然的連結。你想想看，村民生病了，難道桃花源中可以憑空長出所需要的藥草嗎？池塘裡養殖的魚、村中的各種作物生病了，難道不需要放生、移植、保持生物多樣性嗎？外頭的世界正歷經極端氣候的摧殘，難道桃花源這塊人間淨土也可以像逃避戰火一樣倖免於難嗎？

如果沒有洞外的大自然支持著桃花源，那麼桃花源的內部就會成為一個封閉環境。一旦遇上瘟疫或天災，就等於面臨全滅的危機。

所以說，你以為桃花源內的居民真的那麼天真無知？顯然不是。他們懂得要給桃花源保留一個出入口，以維持人類與環境之間的生態平衡。這可是一群擁有高智商的村民啊！

因此，出入口是必須的。而外人闖進桃花源，就是可以預見的附加代價。

皆嘆惋——人間煉獄武陵郡

既然村民其實都很聰明，那你想像一下，漁人與村民之間問答的畫面，會變成什麼樣的場面呢：

村裡闖進了一名外人，大家聞風而至。在村長（？）短暫的自我介紹後，漁人發現村民居然不知道有漢代，更不用說魏晉時期了！接下來村民一定是踴躍發言、問了很多問題。為了滿足村民強烈的好奇心，漁人便「一一為具言所聞」……

讀者們想像一下這個畫面：這可不是一群隨便舉手亂發問的無知白痴啊！他們可是抱著旺盛的求知欲，渴望能在短短時間內就彌補他們長達六百年的歷史空白的勤奮向學的好學生呢！

那麼從秦朝動亂至今，大約六百年間，到底發生了什麼事呢？既然漁人是武陵人，就以武陵郡為例扼要說明吧：

戰國時代秦、楚兩國不斷反覆爭奪黔中郡（武陵前身）。

兩漢時期，武陵郡與蠻夷接壤，數起兵燹，戰禍不斷。

東漢末年至三國，武陵郡隸屬荊州，而荊州是兵家必爭之地，幾度易主：黃巾賊、劉表、曹操、孫權、劉備都曾先後占領荊州。

兩晉時期，亂臣賊子們的「履歷表」上幾乎都少不了要當一次「荊州刺史」，例如王敦、桓溫、殷仲堪、桓玄、劉裕等人。這些荊州刺史們用接力賽的方式趕著造反，那他們起兵的本錢從哪兒來呢？就只能加重稅賦、強徵兵役了。

以上僅僅只是列出了兵禍而已，還不包括慘烈的天災、饑荒，以及其他人禍。所以說，武陵郡這上下六百年的歷史，可謂血淚斑斑；百姓生活之痛苦，也就不言可喻。《晉書．卷九十．良吏列傳》寫道：

西晉時期的潘京，是武陵郡漢壽縣（今湖南常德）人；二十歲時，擔任武陵郡的主簿（相當於主任祕書）。太守趙廞非常器重他，曾經問他：「武陵郡為何叫做『武陵』呢？」潘京回答道：「我們武陵郡本來叫做『義陵』，在辰陽縣的邊界，與外族接壤，常常被外族攻擊。東漢光武帝時商議將『義陵』改名，由於《左傳．宣公十二年》提到『止戈為武』，《毛詩》學派解釋〈小雅．天保〉提到『高平曰陵』，所以將『義陵』改名為『武陵』。」[3]

---

[3] 《晉書．卷九十．良吏列傳》：「潘京，字世長，武陵漢壽人也。弱冠，郡辟主簿，太守趙廞甚器之，嘗問曰：『貴郡何以名武陵？』京曰：『鄙郡本名義陵，在辰陽縣界，與夷相接，數為所攻，光武時移東出，遂得全完，共議易號。《傳》曰止戈為武，《詩》稱高平曰陵，於是名焉。』」

也就是說，「武陵」這個名字是具有深遠意義的。因為這裡戰亂頻仍，為了祈求和平，於是取名「武陵」，寓有「停止戰爭」之意。

而如果對照西漢到東晉武陵郡的戶口數，更可以客觀地看出武陵郡人口銳減的程度：

> 武陵郡，戶三萬四千一百七十七，口十八萬五千七百五十八。縣十三。
>
> ——《漢書・卷五十八上・地理志第八》

> 武陵郡，漢置。統縣十，戶一萬四千。
>
> ——《晉書・卷十五　志第五・地理下》

兩相比較，東晉武陵郡的戶數，居然只有西漢時期的四成。從漢代以來，武陵郡的兵禍之重、傷亡之慘，可說是令人難以想像……

然而，荊州轄下的武陵郡也只是六百年動亂的一頁歷史而已。可以說，這上下六百年間整個中原大地的史書，都是用百姓的血淚為墨、士兵的白骨為筆、天下蒼生的性命為紙堆砌而成的。這就是桃花源的居民嘆惋的原因。六百年了，外面的世界可曾改變？

並沒有。

六百年過去了，外面依舊是煉獄。

二為具言所聞——深藏不露的武陵漁人

六百年來，外界一直紛擾不堪，所以桃花源裡的村民也就沒有必要離開這片人間淨土。不過，村民不離開，不代表這片淨土不會被闖入啊！不知是何年何月的冬某日，一個漁人就這樣莫名其妙的闖進桃花源了！

看到這裡，讀者還記得〈漁人的奇幻漂流〉最後提出的疑問嗎：「武陵漁人」到底是何來歷？他哪來的勇氣闖進世族豪強的家業？他為何有辦法信手拈來就講出上下六百年的歷史？

答案很簡單，這個「**武陵漁人**」**不是普通的平民，而是世族**。

魏晉南北朝時期，國子學嚴格限制五品以上的官員子弟才有入學資格，也就是幾乎只有世族才有受教育的權利。至於一般平民百姓如果不幸（？）有著旺盛的求知欲望怎麼辦？那就要看地方官吏在搶錢、搶糧之餘，有沒有心力去興辦教育了。不過即使是有心力，大多也是「人存政舉，人亡政息」，所以平民百姓很難得到完整的教育。

因此，不用靠小抄就能道盡數百年的歷史，證明武陵漁人的身分只能是受過教育的世族。

既然漁人是世族出身，為何淪落至此呢？那是因為「九品官人法」有嚴格的規範（比如世族不能與寒門通婚），如有違反會遭到懲處。武陵漁人的長輩或祖先可能曾官至五品以上，但獲罪降級，甚至終身禁錮不得為官，也不無可能。不然就是像陶淵明這樣，從曾祖父陶侃開始，世代在晉朝為官；到了陶淵明，因為厭倦黑暗的政治，不願為五斗米折腰，結果也是辭官歸隱，去鄉下種田啦！

所以捕魚為業的漁人，哪裡是「愚人」！他是藏身民間的高士！只不過仕途坎坷，所以才會過著窮困潦倒的生活。**這也就說明了他為何看到了一大片桃花林，不會像一般漁人落荒而逃，仍然大無畏的勇敢前行的原因。**因為就算對方是豪門世家，我漁人也曾是堂堂世族，有關係就沒關係，要攀親帶故起來，你們還不見得惹得起我呢！

停數日，辭去——漁人為何要回到人間煉獄

所以說，宦途冷血無情，世界又如此動盪不安，然而在桃花源裡，卻有酒、有雞肉，有完好的屋舍，有村民熱情的款待……如果你是漁人，你會想離開桃花源嗎？

試問有誰願意住在人間煉獄！又有誰腦袋壞掉，會不想住在桃花源裡呢！

答案不用說出來，因為大家都心知肚明。那麼，漁人到底為什麼不住下來？幹嘛要回到人間煉獄呢？你想到了嗎？

武陵郡的人民，正飽受戰亂、旱澇與饑荒之苦啊！

這位出身世族的漁人，雖然淪落到捕魚為業，但是肚子裡的見識可沒因為貧窮而消失。**進入桃花源後，他大可選擇就此定居，可是他的良心不允許：**

禹思天下有溺者，由己溺之也；稷思天下有飢者，由己飢之也。是以如是其急也。

——《孟子．離婁下》

我可是個有見識的讀書人啊！「人溺己溺，人飢己飢」是讀書人的基本條件吧！既然當初村民們的祖先是因為「避秦時亂」所以「率妻子邑人來此絕境，不復出焉」，那我也能為了「避晉時亂」，而「率妻子武陵郡人來此絕境」啊！

所以，漁人忍痛選擇暫時先離開桃花源……

因為他想把桃花源的成功案例複製貼上！

這麼好的日子，不該只有我一個人獨享！

不足為外人道也——為何漁人再也進不了桃花源

然而，相較於心思單純的漁人，桃花源內的居民可就沒那麼天真了！別忘了，這可是一群聰明的村民哪，不然你以為都過了六百年了，怎麼可能會沒有人知道桃花源的祕密呢？

這時，我們就不得不提到桃花源唯一的出入口——也就是洞口那一大片桃花林了！我們在〈漁人的奇幻漂流〉中提到，洞外的桃花林是「中無雜樹」，代表這一大片桃花林是有人刻意栽種、而且定期整理的，否則應該會有其他樹種參雜其間才對。現在我們都知道，這片桃花林並非豪門世族的產業了，所以說，栽種、維持桃花林的，就是桃花源的村民。

那麼他們為何要在洞口種這麼一大片桃花林呢？顯然是為了遮蔽唯一的出入口，防止外人闖入。

而這就衍生出問題了！首先，是為何要種桃樹？其次，為何「中無雜樹」？

讓我們先解決第一個問題。

戰國時代的楚文化，原本就跟「桃」有很深的關聯。例如楚國的春聯叫做「桃符」，拜年要喝「桃湯」，史書叫做「桃（檮）杌」。最重要的是，驅鬼要用「桃木」！所以說，種大片桃林以隔絕外界，是一種「**趨吉避凶**」的概念。這也更加印證洞內居民和戰國時代的楚國有密不可分的關係。

其次，「中無雜樹」**是刻意為之、有目的性的。因為這樣可以確保闖入者只有一條水路可以進出**。

由於「中無雜樹」，沒有任何其他樹種可供參照，一般人很容易在這一大片桃林中迷了路。你可以看看本書中另一篇文章〈然後祂就死掉了〉中提到過的觀念：沒有世界供你參照，你就不知道你是誰、你在哪兒。既然如此，**從陸路闖入桃花林的人，就只能知難而退**。

那麼如果是像漁人這樣，從水路找到洞口的人呢？

這種人闖進桃花源後，情況不外乎兩種：一是選擇住下，二是選擇離開。

第一種狀況，很好，不用處理。偶爾闖進幾個人，如果是無知、沒受過教育的平民，對方跟村民一樣「不知有漢，無論魏、晉」，大家就能相安無事。更何況村民聰明得很，光是一兩個普通百姓是改變不了什麼的。

如果是受過教育的人選擇住下呢……哦，等等，顯然沒有這種人，否則洞內居民怎麼會「不知有漢，無論魏、晉」呢？

也就是說，受過教育的知識分子，會選擇離開，原因就是「**良心作祟**」。如果這個人離開後帶幾個親朋好友回到洞內，或許桃花源還容納得下；要是也帶上一鄉、一邑、一郡的人，那怎麼吃得消！

村民們，動起來！我們一定要防止這種人再度回到桃花源！

因為大部分的人是不小心闖進來的，如果沒有沿著原路、也就是水路做記號，就很難再度進入桃花源。所以說，桃花源的村民只要從洞口出入，盡心維護占地廣大的桃花林，就能從陸路方面與外人間隔。至於水路，把記號全部改掉，確保闖入者無法沿原路回返，就萬無一失了！

你可以想像：當漁人歸心似箭、迫不及待想把桃花源的祕密分享給世人知道時，其實桃花源人已經有人尾隨其後了！漁人一路做記號，到了他所熟悉的水域，就放心回家去。這個時候，跟蹤他的村民們，也已經一一把他沿路做的記號，重新引到其他地方。所以太守明明是即刻就派人跟隨漁人去找桃花源，而漁人也明明就是沿著記號去找桃花源，卻怎麼也找不到去時的路了！

這下真相大白了吧！原來對闖入桃花源的人而言，一定會面臨一個"To be or not to be"的困境：

你可以留下，再也不離開；不過要是你離開了，就再也回不去囉！

後遂無問津者——細思極恐的〈桃花源記〉

那……沒有選擇留下的武陵漁人後來怎麼樣了呢？我們先看看《南史．卷二十七．孔靖列傳．附孔琇之》中的一段記載：

孔子的第二十八世孫孔琇之有當官的才能，他曾經擔任過東吳的縣令。有一次，一個年僅十歲的小孩子，偷割了鄰居的一束稻，孔琇之就把這個小孩下獄治罪。有人勸諫他，他回答道：「才十歲就懂得要當賊盜，長大後還有他不敢做的事嗎？」縣裡的百姓聽到，全都被驚呆了！❹

❹《南史．卷二十七．孔靖列傳．附孔琇之》：「琇之有吏能，仕齊為吳令。有小兒年十歲，偷刈鄰家稻一束，琇之付獄案罪。或諫之，琇之曰：『十歲便能為盜，長大何所不為。』縣中皆震肅。」

你看看，一個年僅十歲的小孩，只不過因為偷割了鄰居一束稻子而已，就被縣令孔琇之關進監牢。那麼，要太守出動一堆人、卻搞到空手而還的武陵漁人，獲罪被殺也是剛好而已吧！

既然武陵漁人的下場可想而知，那麼……真的再也沒有人會去找桃花源嗎？

不．可．能！

為了逃離人間煉獄，人們怎麼可能停止對桃花源的探尋？應該說，漁人的死，凸顯了東晉政治的黑暗與無情，反而更加讓人嚮往桃花源的世界。況且桃花源存在的線索這麼明確，桃花源更沒有理由乏人問津！

可是陶淵明為何會在文章的最後，留下了「後遂無問津者」這麼令人殘念的結尾呢？

〈桃花源記〉的故事是發生在東晉太元年間，這時候陶淵明大約是三十多歲。當他聽到這個故事的時候，我們可以想見他當時應該也是抱持著躍躍欲試的態度，想走訪武陵郡一探桃花源的究竟。然而，這篇〈桃花源記〉卻是在他五十七歲時寫成的。也就是說，在這二十多年間，不再傳出有人找到桃花源的傳聞。為什麼呢？

想想看，如果真的有人找到了桃花源，如果他們真的獲得了人間仙境的入住資格，他們會怎麼做？

沒錯！

你可以留下，再也不離開；不過要是你離開了，就再也回不去囉？

天師贊曰

如果你是漁人，你願意被看成是個有機心的「愚」人嗎？

爆卦新聞板

為何回不去了？村民秒破解漁人的記路方式!?

由於漁人是不小心進入桃花源的，不可能記得來時路，所以必定得沿著原本的水路回家。而漁人的船上應當沒有很多工具可供臨時做記號，所以最有效率的方式，就是攀折岸邊的桃枝，在離開桃花林之後一路往下游走，遇到分岔處便做記號，直到漁人回到自己熟悉的水域為止。因此，村民就可以輕易認出漁人的記號，並加以修改啦！

《權力遊戲》封測版強勢來襲

——小康之治（上）

「『天下為公』太理想化了，實在難以企及。如果可以，希望至少能活在『天下為家』的時代。」

「你是說你想嘗嘗《權力遊戲》真人版的滋味有多香？」

「大同與小康」是從《禮記・禮運》篇中節選出來的兩個段落，內容是孔子對弟子子游敘述禮制在不同時空背景下運作的具體內容。事情是這麼起頭的：

孔子參與了魯國的歲末大祭，祭典結束，在城觀上趁著四下無人、只有子游隨侍的時候，突然莫名其妙「唉……」了一下。子游在一旁聽了，緊張的問道：「老師嘆什麼氣呢？」

老師嘆氣，就是在等學生發問啊，因為他接下來即將發表的長篇大論可是高達三千多字耶！「大同與小康」只是整篇演講的十分之一而已，當然要找個皮射弧比較長老實的學生當聽眾，不然還有誰願意聽老人家訓話呢？

我知道，一講到孔老夫子，很多人就準備洗洗睡。沒關係，趁老夫子不在（？）我們不妨來個小小的叛逆，今天就「逆行時間」，聊聊時代距離我們較近的「天下為家」。

禮義以為紀——你以為的「天下為家」

「天下為家」是指夏商周三代施行的政治制度，也就是以「嫡長子繼承」為原則的「禮治」。西元前二〇七〇年，大禹接受舜的禪讓，之後他傳位給自己的兒子啟，從此強調「德治」的「公天下」，變成了遵行「禮治」的「家天下」。

所謂的「公天下」，是指由部落推舉賢能的人擔任共主。但是「家天下」則是不再進行推舉，在上位者選拔繼承人的原則一律都是「父死子繼、兄終弟及」——無論才能優劣、不分智商高低，有繼承權的人，基本上就只有嫡長子一人而已。

<table>
<tr><td colspan="9">天子
周武王姬發</td></tr>
<tr><td colspan="6">地方諸侯國君</td><td rowspan="2">太子</td><td colspan="2">中央朝廷公卿</td></tr>
<tr><td colspan="2">其他宗室</td><td colspan="2">開國功臣</td><td colspan="2">歷朝後裔</td><td colspan="2">地方諸侯國君兼任</td></tr>
<tr><td rowspan="2">武王三弟鮮</td><td rowspan="2">武王五弟度</td><td rowspan="2">太公望</td><td rowspan="2">召公奭</td><td>商</td><td>夏</td><td rowspan="3">武王嫡長子
姬誦</td><td rowspan="2">武王
四弟
周公旦</td><td rowspan="2">武王
十五弟
畢公高</td></tr>
<tr><td>微子啟</td><td>東樓公</td></tr>
<tr><td>管</td><td>蔡</td><td>齊</td><td>燕</td><td>宋</td><td>杞</td><td>周邑</td><td>畢邑</td></tr>
</table>

所以說，最理想的情況是這樣的，我們以天子周武王、嫡長子周成王為例：

周武王姬發統一天下之後，分封兄弟和兒子們為家臣，擔任各種爵位和官職（功臣和歷朝後裔等異姓諸侯就暫且略過）：

要嘛讓他們留在身邊當**公卿**，也就是當中央政府的各部會官員，幫忙處理政務。要嘛到地方當諸侯國**國君**，也就是空降去當縣市長，幫忙管理當地人民——不過公卿通常是由諸侯國國君兼任就是了。而這些兄弟、兒子們，沒有意外的話，個個都會心悅誠服地拜謝跪恩，歡歡喜喜地當公卿、當諸侯國國君，盡心盡力地去輔佐天子治理天下。

所以只要天子跟家人相處融洽，家人就會幫他好好治理天下，這就是《禮記‧大學》中「平天下」的境界。

如果是諸侯國的國君即位，那也一樣比照辦理：

分封叔伯、兄弟、兒子們為家臣，擔任**大夫**；這些大夫要嘛留在身邊當市府官員，要嘛封到各采邑去當鄉鎮市長。同樣，這些鄉鎮市長通常也由市府官員兼任。然後沒有意外的話，大家都會歡歡喜喜、盡心盡力地輔佐國君治理國家——所以只要國君跟家人相處融洽，就能達到〈大學〉中「治國」的境界。

而大夫呢？一樣，對自己的采邑而言，你就是小小國君，由你的家人擔任家臣，也就是**士**，幫你處理事務、治理人民，達到〈大學〉中「齊家」的境界。

以上就是「家天下」的階級分封。從天子到士，都屬於貴族階級，其他被統治的人都是庶民，不能和貴族平起平坐。

嗯？等一下，應該有人會想問：分封兄弟或兒子可以理解，幹嘛分封叔伯呢？

這是因為有些繼承人即位時年紀還很小，所以需要叔伯（例如周成王即位時年紀尚幼，由叔叔們周公旦、畢公高來輔佐）、有時候甚至是母親這邊的親戚來佐政（例如戰國時代秦宣太后、華陽君輔佐秦昭襄王）。

好，回到「家天下」的正題。第一代的分封結束了，但只要是人都難免一死，那他們死後，空下來的太子、公卿、國君、大夫由誰來擔任呢？

免煩惱！

一句話，「禮義以為紀」。根據禮義制度的設計，除了「士」這個階級不能傳給兒子之外，其他階級的貴族都可以由自己的嫡長子繼承，這就是所謂的「**世襲制度**」。

但假如在上位者來不及生子嗣就過世，或是兒子很廢、你不想讓他敗壞家業，由兄弟來繼位也沒問題——前提是繼承者的母親地位必須是正宮；若不是正宮，也不能是來路不明的女子，必須是位階高的貴族。這就是《春秋公羊傳・隱公元年》中提到的「立嫡以長不以賢，立子以貴不以長」的意思。

於是，貴族們都依據禮儀規範生活，君臣、父子、兄弟、夫婦都能和睦相處，百姓們安居樂業，所有人的臉上只有呵呵、一副世界和平的景象……

呃，這是不是怪怪的？

請問這跟大同世界有什麼差別？

各親其親，各子其子——人人心中都住著小惡魔

哇，差別可大著呢！關於「天下為家」的世界，孔老夫子是這麼敘述的：

如今大道已經消失了，天下成為天子一人的領土（國家成為國君一人的領土，采邑成為大夫一人的領土）。在上位者只親近、愛護自己的家人，所

有的財貨都屬於自己，所有的人力都只服務一人。在上位者的地位以「父死子繼」或「兄終弟及」的原則作為傳承的依據，繼承人一旦即位後立刻築起城牆、護城河等防禦工事，來鞏固自己的領土。貴族之間按照嚴明的禮義法度來規範：以此劃分君臣名分，使父子關係敦厚、兄弟相親相愛、夫妻和諧相處。按照禮制，貴族依階級高低，劃分不同的田里疆界，嚴格限定各自的住宅規模。為保權位，在上位者會推崇勇猛的戰士和善使權謀的智者，優待對自己有貢獻的人。正因為「家天下」的緣故，陰謀詭計從不間斷，貴族之間也忙著彼此征伐。

這段敘述，真的是怎麼看怎麼怪……

第一，「大道」怎麼突然就消失了呢？

第二，如果大家都能遵守禮義制度，那不就是「君臣正、父子篤、兄弟睦、夫婦和」的大同世界了嗎？為什麼會「陰謀詭計從不間斷，貴族之間也忙著彼此征伐」呢？這邏輯不通啊！

讓我們先處理第二個問題。

第二個問題，其實可以逆向思考一下：難道人人都願意遵守禮義制度嗎？如果有人心不甘、情不願呢？

假如你是天子或國君的叔伯、兄弟、兒子，正好遇上君弱臣強的情況：沒有你的輔佐他啥都做不好，但是你不好好辦事、忤逆了天子或國君，腦袋就可能會不保。這樣的話，你內心的小惡魔會不會蠢蠢欲動？

如果沒有他的話，根據「父死子繼、兄終弟及」的原則，下個有繼承權的人就是你了。說真的，你又何必每天看他的臉色過活呢？

假如很不幸，你是第三、第四……第N順位的繼承人，但礙於封建制度卻不能當上國君。你的心中，會只想著好好輔佐天子或國君嗎？這時候如果兄弟相招，找你一起謀朝篡位、造反叛亂，你來不來？

篡位失敗，你受牽連了……糟了，死路一條。

篡位成功？今天你可以幫他起兵造反，明天也就能幫別人篡他的位啊！你說，你這個幫他篡位的功臣是不是活該被殺？所以，還是死路一條。

也就是說，不管怎麼做……

不管了，既然都是死路一條，那你死不如他死，是吧？

假如你是天子或國君的寵妾呢？你是不是會想盡辦法保住自己的地位、保住兒子的生命、甚至不惜付出一切代價為他謀求繼承權？

別人的兒子死不完，你的兒子可是至尊寶啊！想想看，母以子貴、垂簾聽政的滋味……嗯，真香啊！

反過來說，因為是「大人世及以為禮」，一旦確定是誰繼承天子、誰可以當國君，那個人就會成為「**有心人士**」的目標。所以，一旦繼承者親政，掌握了真正的權力，立刻就要「城郭溝池以為固」，並且強調「禮義以為紀」：

我現在當上天子（國君）囉！你們這些臣子，記得盡自己的本分，別肖想取代我啊！

什麼？
嫌我笨？
說我白痴？
我弟比我強？
我爸比較疼小三的兒子？
不好意思啊，現在就是本人我即位了，除非我死，不然你想怎麼樣？
打我啊笨蛋！

這就是「各親其親，各子其子」的真實樣貌。看到這裡，你肯定恍然大悟了！**大道為什麼消失了呢？因為人性使然啊！**由於隨著時代演進，人口越多、領土越廣，社會的分工越細、技術越發達，人類的文明越進步、慾望越複雜，「天下為公」的原則已不足以解決人類社會的紛爭與衝突。因此，架構清楚、階級分明、「天下為家」的「禮治」便應運而生。

所以對貴族們來說，「家天下」的制度就是不折不扣的封測版《權力遊戲》：

在這場貴族限定款的遊戲當中，你的臣子、你的兄弟、你的叔姪、你的正宮、你的小三、你小三的小王、你的繼承人、你的兒子們……只要他們之中有任何一個人——通常不會只有一個人——對象徵權力的鐵王座起了任何貪念與私心，就會成為想要將你除之而後快的敵人。

而作為臣子，只要國君對你起了疑心，你要嘛就是卑躬屈膝、盡力表忠，例如春秋時代晉國的趙盾。不然就是被愚不可及的國君忽視或流放，例如春秋時代鄭國的燭之武（到老年才受到一次關注），或戰國時代楚國的屈原（連續被兩任楚王流放）。說真的，這種屈辱的日子，你又能忍受多久呢？

這些以下犯上的念頭、被害妄想的臆測，時時刻刻、日日夜夜、歲歲年年……就這樣腐蝕著所有貴族的心靈。到最後，這些高高在上的貴族們，還管什麼「**君臣有義、父子有親、夫婦有別、長幼有序**」？

當然是先下手為強啊！

王公貴族的生活等你體驗

——小康之治（下）

「老師，又窮又魯真的好悲哀……要是我能投胎到王公貴族之家，一輩子有享用不盡的~~正妹~~榮華富貴該有多好！」

「呵呵，拜託先不要，我怕你受不了！」

奇怪了，投胎到貴族世家，難道不是每天耍廢、爽爽過日子就好了？一出生就注定跟兄弟們拚個你死我活（孟嘗君可是在四十幾個兄弟的鬥爭中「脫穎而出」的），或是眼睜睜看著妻妾、子女的日常娛樂就是搞鬥爭（楚懷王的寵妾鄭袖可謂「箇中翹楚」），這還有什麼人情倫常可言啊？

你一定很想吐槽，當初決定把「天下為家」變成制度的人，是覺得隔著螢幕看《權力遊戲》還不夠，要搞就要搞大一點，每天都過著心驚膽跳的生活才叫刺激嗎？

那你可就太小看「天下為公」的致命程度了！

「家天下」的世界裡，你的對手只限定在貴族階層；但是在「公天下」的時代，人人都可以是食神你的敵人！

什麼？你威脅我？我不怕！

殺了一個「我」，還有千千萬萬個「我」！

謀用是作，而兵由此起——爭取鐵王座的《權力遊戲》

這樣看來，「家天下」還是比較有人性一點的，幸好跟你爭奪鐵王座的只是少數的貴族，廣大的庶民可是沒資格登錄帳號的呢！話雖如此，一旦你投對胎（？）進入「家天下」的世界，登入了《權力遊戲》的帳號，你還是要面對貴族之間血腥殘忍的無差別殺戮。我們就以《左傳・隱公元年》的〈鄭伯克段於鄢〉為例，讓你看清何謂「謀用是作，而兵由此起」：

從前，鄭武公的正宮夫人武姜生了兩個兒子，嫡長子注定要當國君，另一個則一天到晚肖想當國君。

武姜特別厭惡嫡長子，因為生他時「寤生」（難產），所以給他起了一個響亮又難聽的名字「寤生」。喔，對了，鄭國是姬姓之國，因此這個名字用白話翻譯就叫做「姬難產」。瞧！這名字是不是承載了滿滿的回憶、令人一聽就感動到想落淚？

而武姜偏愛小兒子「段」，屢次要鄭武公廢嫡立幼，武公都沒有答應。可想而知這對夫妻的生活絕不平靜，武姜肯定是每天要擺臉色給老公看的！

等到武公過世，姬難產即位，是為鄭莊公，偏心的武姜就為弟弟姬段求了上好的封地京邑。姬段也真是個人才——還記得貴族其實必須按照階級「以立田里」，也就是劃定疆界、制定住宅的規模嗎？——他不僅把京邑的城牆加高、加厚（這就是準備造反的前奏），而且很快就把西部和北部兩個邊境的城鎮納為自己的勢力，完全不怕天下人知道自己肖想老哥的國君王座。不久之後，他更明目張膽的招兵買馬，準備由親生老母武姜來個裡應外合、攻入老哥住的都城。

姬難產其實並不笨，他很清楚老母跟小弟到底在做什麼事。於是他對武姜違反禮制的要求假裝百依百順，對弟弟想要篡位的痴心妄想也裝作莫可奈何。他故意養大這兩人意欲造反的狼子野心，以引起其他臣子和庶民對姬段的不滿。

沒錯，姬難產以逸待勞，設計弟弟一步步踏入他的詭計；但武姜和姬段都沒發覺，還志得意滿，以為他們的計畫天衣無縫。

在探聽到姬段打算起兵作亂的日期後，姬難產便看準時機，派人出兵攻打京邑。京邑的庶人無辜被自己的國君派兵攻打，怒火都噴向了作亂犯上的姬段。姬段的造反計畫失敗，逃到了鄢邑；但是姬難產不放過他，親自率兵打鄢邑。用膝蓋想都知道，鄢邑的平民也不可能接納姬段，最後，姬段迫於無奈，只能流亡至國外。而那個偏心到你以為是後媽、其實明明是生母的武姜呢？姬難產發誓，兩人不到黃泉，絕不相見……

這就是「謀用是作，而兵由此起」！

當媽媽的武姜，和當弟弟的姬段，聯合起來謀奪親生兒子、親哥哥的國君之位；而當哥哥的姬難產也扮豬吃老虎，游刃有餘地設計弟弟，請君入甕。

這之中哪來什麼兄友弟恭？哪有什麼慈母、孝子？

名不正則言不順——跟亂臣賊子談什麼武德

就這樣，「家天下」高舉著「父子有親，君臣有義，夫婦有別，長幼有序」的道德大旗，但實際上過的卻是「父子奪權、夫婦算計、手足相殘、步步驚心」的日子！

而在武姜、姬難產和姬段的「大型家庭糾紛」裡，庶民是怎麼判斷他們三人誰是誰非的呢？很簡單，只要作為嫡長子的姬難產一天沒死，姬段這個當弟弟的就別肖想國君之位——因為要是你姬段用亂臣賊子的手段當上國君，咱庶民的生活可是會出問題的！孔子就曾經說過：

國君如果得位不當、不合名分，那麼他說出來的話就沒有大夫願意順從。大夫不肯順從在上位者，那麼任何政事都無法推動。政事無法推動，那麼就沒有士去執行禮樂制度。禮樂制度無從施行，那就沒有人依循禮制去處罰不合禮制的國君。不合禮制的國君沒受到處罰，那庶民就不知道怎麼過活了！❺

看出來了嗎？這就是一個金字塔型的層級概念：如果國君的繼承出了問題，大夫就會用怠職來抗議；大夫怠職，底下的士就只好跟著罷工。士都罷工了，庶民遇上勞資糾

---

❺《論語．子路第十三》：「子曰：『名不正，則言不順；言不順，則事不成；事不成，則禮樂不興；禮樂不興，則刑罰不中；刑罰不中，則民無所措手足。』」

紛誰來解決?受到冤屈了法院卻不開張怎麼辦?出國辦事卻遇上通關麻煩怎麼處理?

哦?國家無法正常運作了?所有公務員都罷工了?

還不都是因為我們那個國君得位不當嗎?

千錯萬錯,都是他一人的錯!

下臺,叫他下臺!

是的,庶民就是這麼單純,這麼容易被煽動。

還記得嗎?「家天下」的原則本來就很簡單哪!不管繼承人是天才還是白痴,「傳子不傳賢」就對了!即使在上位者沒有治理天下、國家的才能,那你也只須善待你的家人,因為依據禮制,他們的職責就是好好輔佐在上位者。

如果是像武姜、姬段這樣起了私心,違反禮制、作亂犯上,意圖以不當手法登上鐵王座的人,大夫就可以痛罵唾棄、平民也會揭竿起義,這種人就會得到「在執者去,眾以為殃」的下場。

而社會底層的廣大庶民是不是看懂了貴族之間的政治鬥爭?根本就無所謂!因為他

們只要知道「父死子繼、兄終弟及」這個唯一的世襲原則就好，什麼賢愚不肖、後宮內鬥的，統統不關他們的事——如果不這樣的話，所有的王子都覬覦太子、天子之位，所有的公子都忙著幹掉世子、推翻國君，所有的NPC（非玩家角色）都可以搶著參加真人版的《權力遊戲》……

這種拿性命去實測bug的「極限運動」是想累死誰啊！

在執者去，眾以為殃——坐上鐵王座之後

話說回來，既然在下位的人不能覬覦在上位者的鐵王座，那商湯推翻了夏桀，周文王、周武王推翻了商紂，他們不就是活生生的把帝王給Debug掉的「亂臣賊子」嗎？怎麼會被孔老夫子尊為謹守禮制的三代之英呢？

唉呀，都說是Debug啦！那個「在執者去，眾以為殃」的bug，指的就是夏桀和商紂嘛！〈小康〉章中提到：

夏禹、商湯、周文王、周武王、周成王和周公，都是「家天下」時期最為傑出的代表性人物。這六位君主，沒有一個不是謹守禮制的：大禹建立了「家天下」的制度，向世人揭示了禮制的意義。商湯討伐夏桀，使禮制的缺失獲得改善。周文王、周武王討伐商紂，向庶民昭告了他不遵循禮制的過錯。周成王施行仁政，多年不用刑罰；周公講究辭讓，在攝政多年後不戀棧權位，還政於成王。這六位賢能的君主，使庶民清楚明白禮制運行的常法為何：如果在上位者不遵循禮制、破壞禮制，那麼即使已經得到權位了，也會遭到其他貴族罷黜、驅逐，庶民也會將這個人視為天下、國家的禍害。這就是「家天下」制度裡的「小康之治」。

也就是說，雖然夏、商、周三代都是施行「家天下」的制度，但是真正謹守禮制、達到「小康之治」的境界、讓孔子能心生嚮往的，居然只有「夏禹、商湯、周文王、周武王、周成王、周公」這六個人所在位的時期而已。其他人在位的時候，貴族們不是在搶著殺掉在位者，就是要冒著被殺掉的風險苟活著。因此孔老夫子才會這麼說：

天下太平的時候，要怎麼施行禮樂、要征討哪個國家，都是天子一人說了算。天下大亂的時候，要怎麼施行禮樂、想攻打哪個國家，就變成了諸侯說了算。❻

所以說，你可別以為當上天子、做了國君，就能為所欲為了，這世界可不會因為你登基就變成太平盛世啊！要是你不用心治理天下、國家，根據禮制，你還是可以被貴族推翻的！當然，你也別以為只要你不滿在上位者，就可以隨意把他拉下鐵王座；根據禮制，天子、國君是可以命令其他貴族圍攻你的。

那如果天子、國君都廢到最高點，到底誰說了算呢？還用說嗎，當然是卿大夫啦！君不見最唱秋的就是東周時期那些完全不甩禮制的卿大夫們！他們個個都不講武德，只要心血來潮就攻打在上位者當健身。你看看那孟嘗君，他跟自己的堂兄弟齊湣王搞內卷，居然發動聯合國的兵力到齊國進行軍事演習，搞到整個國家只差兩座城池就完全消

---

❻《論語・季氏第十六》：「孔子曰：『天下有道，則禮樂征伐自天子出；天下無道，則禮樂征伐自諸侯出。』」

失了，這是多麼令人暖心的兄弟情誼啊！

說了這麼多，你還想體驗「天下為家」的貴族生活嗎？你還認為生在帝王之家，每天都是享受不盡的榮華富貴，可以不用努力、直接躺平嗎？真人版《權力遊戲》的程式，可是用你身邊血緣至親的人頭編寫出來的。那個人人嚮往的鐵王座，也是用真正的寶劍和血淋淋的鮮血澆鑄而成的。只要你一個失足、一次錯誤，就直接GG，從人世間消失，而且不可能再滿血復活。

怎麼樣，這個鐵王座……

萊納來哪，你坐啊！

天師贊曰

權勢名利就像一座「圍城」，在城裡頭的人只求能僥倖活著離開，在城外頭的人卻不顧一切地衝進去想大肆享受！

強魯灰飛煙滅

——貧士李靖的逆襲

「虬髯客在旅店看紅拂女梳頭，那種行徑怎麼看都是個變態！」

「如果一個中年的無業大叔像奴才一樣侍奉他那年方十九又有公主病的老婆，這場好戲你看不看？」

〈虯髯客傳〉是唐傳奇中傑出的一篇豪俠小說，內容敘述李靖、紅拂女與虯髯客三個人在亂世之中相知相惜的故事。基本上，大家對這篇小說的認知是這樣的：

隋朝末年，帥哥（？）李靖在司空楊素府中以畫虎蘭傑出的辯才和由目不畏權貴的氣勢吸引了紅拂妓張氏，張氏二話不說當晚便夜襲投奔李靖告訴他「今晚我要嫁給你啦」！李靖閒來無事賺到一個年輕貌美的老婆，於是帶著她要去太原觀光（？）。途中在靈石旅舍稍做休息，遇上了一個又矮又醜（？）的大鬍子外國人虯髯客，一言不合就結拜了起來，變成乾哥哥和乾妹妹的關係。但是虯髯客這位乾哥哥覬覦乾妹妹紅拂女的美貌，李靖除了生氣之外，只能努力當外送員買胡餅和酒孝敬（？）虯髯客，而紅拂女從頭到尾一言不發享受著兩個男人為她爭風吃醋的美麗風景（？）……

等等，這不是一篇「豪俠」類的小說嗎？主角應該是一位顏值破表、性格豪爽的俠客吧？但是，小說中根本就沒提到李靖的長相——何況他怎麼看就只是個窩囊廢。虯髯客更糟，外貌是「中形，赤髯而虯」，不僅毫無顏值可言，還是個覬覦人妻的變態！

這樣的小說，現代武俠大師金庸先生竟然給予了令人難以置信的極高評價：他認為〈虬髯客傳〉可以說是中國武俠小說的鼻祖，有歷史的背景而又不完全依照歷史。最重要的是，「當代武俠小說用到數十萬字，也未必能達到這樣的境界！」換句話說，這篇小說的境界太高了，以至於大部分的讀者可能都只拘泥在〈虬髯客傳〉的三角關係之中，忽略了這是一篇「有歷史的背景而又不完全依照歷史」的小說。

不如這樣，今天就讓我們把原本的認知全都拋到九霄雲外，好好將歷史背景帶入這篇小說，徹底刷新你對〈虬髯客傳〉的三觀吧！

近二十──花樣大叔遊長安

根據〈虬髯客傳〉的第一段，可知這篇小說故事背景設定在隋朝末年，但具體是哪一年呢？我們在李靖和虬髯客的對話中可以找到端倪：

〈虬髯客〉又曰：「觀李郎儀形器宇，真丈夫也。亦知太原有異人乎？」

（李靖）曰：「嘗見一人，愚謂之真人，其餘將相而已。」

「其人何姓？」

曰：「靖之同姓。」

曰：「年幾？」

曰：「近二十。」

曰：「今何為？」

曰：「州將之愛子也。」

在這段對話中，李靖清楚指出，太原州將之愛子是真命天子，年近二十歲。從後文可知，這裡所說的「州將之愛子」，指的就是李世民。

根據正史，大業十三年（西元六一七年）正月，李世民的老爸李淵擔任太原郡留守。就在這一年的七月，李淵以「勤王」之名起兵造反；而小說中的最後，虬髯客把所有家產送給李靖，讓李靖幫助李世民去推翻隋朝。

所以〈虬髯客傳〉的故事肯定是發生在李淵擔任太原留守之後，到李淵父子起兵之前。

結合以上條件，那麼李靖和虬髯客的這段話，就等於把〈虬髯客傳〉的歷史背景清楚地錨定在大業十三年正月到七月之間。正史上的李世民，在這一年的年紀以實歲來說是十九歲，以虛歲來論就是二十歲。

哇！這真是個大發現……？讀者看到這裡，恐怕想打呵欠了。這跟李靖的真實年齡有啥關連！

是這樣的，前面已經說得很清楚了，〈虬髯客傳〉是**根據歷史寫成的小說**，既然李世民的年紀符合史實，那李靖的年紀，沒道理不符合吧？

各位，請深吸一口氣。**正史上，李靖的年紀比李世民大了二十七歲**。

也就是說，若根據正史，大業十三年的李靖，這一年已經四十七歲，是一位不折不扣的……呃……大叔？

各位一定心想，既然〈虬髯客傳〉不是正史而是小說，李靖又是娶得美人歸的男主角（其實是男配角），怎麼可以是個四十七歲的中年大叔！話說在正史上楊素不也是在大業二年就掛了，李靖的年紀有必要符合正史嗎？讀者愛把李靖設定成顏值炸天、高傲霸氣的總裁花美男不行嗎？不服來辯！

所以說，請讀者們深吸一口氣，冷靜冷靜！因為接下來作者對李靖還有更離譜、更令人想翻桌怒吼的設定：

李靖只是個一文不值、四十七歲了還沒娶妻、身分是一名從沒吃過羊肉的可憐貧士、連未來在哪裡都還不知道的超強魯蛇啊！

衛公李靖以布衣來謁——階級制度下的大叔日常

相信大家還處在震驚之中沒回過神來。不過，這裡還是要推翻讀者們對李靖「顏值炸天、高傲霸氣的總裁花美男」的錯誤印象，看清楚他其實是個徹頭徹尾的窩囊廢。

在〈虬髯客傳〉中，有一段令人感到非常困惑的敘述：

（虬髯客）曰：「煮者何肉？」

（李靖）曰：「羊肉，計已熟矣。」

客曰：「飢甚。」

靖出市胡餅。客抽匕首，切肉共食。食竟，餘肉亂切送驢前食之，甚速。客曰：「觀李郎之行，貧士也。何以致斯異人？」曰：「靖雖貧，亦有心者焉。他人見問，固不言。兄之問，則無隱矣。」具言其由。

曰：「然則何之？」

曰：「將避地太原耳。」

客曰：「然，吾故疑非君所能致也。」

曰：「有酒乎？」

靖曰：「主人西則酒肆也。」靖取酒一斗。

在這段故事中，李靖兩度莫名其妙放下嬌妻不顧，自顧自地離開去買胡餅和酒。這不是很奇怪嗎？人家說肚子餓你就去買胡餅，說口渴想喝酒你就自動去買酒，這跟奴才沒兩樣的行為，與「豪俠」兩個字沾得上邊嗎？

要知道，在這段敘述的前面，才剛發生了虬髯客失禮地看嬌妻梳頭的舉動，而且李靖還「怒甚，未決，猶刷馬」。在這種情況下，竟然讓嬌妻和變態虬髯客獨處，也太危險了吧！還不如讓紅拂女自己去買胡餅，然後把虬髯客帶到旅舍後院好好「處理」一下，這才稱得上「豪俠」吧？

其實這也是沒辦法的事，因為虬髯客才是正宗男主角，「豪俠」這個詞是給他專用的。而且誰叫李靖是中年大叔兼窩囊廢……喔不，是個一文不值的平民百姓呢！讓我們把時間往前快轉一下：

> 行次靈石旅舍。既設床，爐中烹肉且熟，張氏以髮長委地，立梳床前。靖方刷馬。

這真是個溫馨的畫面啊！美麗的嬌妻在旅舍裡梳頭，俊朗的先生在戶外刷馬，兩個人深情款款地看著對方……

對不起，這裡要打破大家的想像，請各位讀者把年齡代入：十八、九歲的太太像千金小姐一樣在旅舍內悠閒地梳頭，四十七歲的老公像隨從一樣在外面無奈地刷馬。

呃……這畫面，要說多怪就有多怪，是吧？

李靖和紅拂女將近三十歲的年紀差距已經令人難以接受了，而且男方的地位明顯卑微，女方的身分也因為「爐中烹肉且熟」（而且還是貴族才吃得起的羊肉）而益顯尊貴。年輕貌美的千金小姐，和一位中年的無業大叔私奔，這種讓萬千魯蛇們可以感受到光明未來的違和感……？

所以說作者的設定是正確的，這樣男老女少、男卑女尊的組合，怎麼能不讓虬髯客感到嘖嘖稱奇、看戲看得目不轉睛呢！

而且在隋唐時代，像李靖這種中年無業的貧民大叔，基本上只吃得起雞、鵝等稱不上是「肉」（畜類）的魚禽類食物，了不起配上胡餅這種便宜的大眾美食就夠讓他大快朵頤一頓了！羊肉這種高級又所費不貲的食物，以他的經濟能力根本負擔不了。所以「爐中烹肉且熟」這句話，就是在凸顯紅拂女貴族般的身分地位。

讀者們可能會懷疑，紅拂女不就是楊素府中的家妓而已嗎？有什麼好跩的？憑什麼要老公當外送員呢？

問題是「打狗看主人」啊！紅拂女的老闆可是楊素啊！是「天下之權重望崇者」，

普通老百姓惹得起嗎？李靖有可能叫她去買胡餅嗎？

好吧！既然不能叫紅拂女去買，怎麼虬髯客不自己去買呢？**那也沒辦法，誰叫李靖是小弟呢！**

因為結拜為兄妹的是紅拂女跟虬髯客，李靖的身分就成了虬髯客的「乾妹婿」，頓時矮了一大截。虬髯客「李郎」、「李郎」地叫，就是因為隋唐時代，「郎」是用來稱呼弟弟的。哥哥說肚子餓，當然只能是輩分小的弟弟李靖去買食物囉！

既然紅拂女和虬髯客兩人都已經稱兄道妹了，可以確定虬髯客無非分之想。因此，李靖藉機離席，也讓自己能暫時冷靜一下，想出應付虬髯客的言辭。此外，逆旅旁邊就有賣食物和酒的店家，離開的時間不會很長，也在視野所及之處，估計虬髯客也不能對紅拂女做出什麼逾禮之舉啦！

唉，所以說啊，李靖兩度放著紅拂女不管、去買胡餅和酒，這就是階級制度下為愛犧牲的大叔所過的辛酸日常生活啊！

何以致斯異人？——跨越階級的愛戀

不說你不知道，其實隋唐時期階級之間是不得隨意通婚的，違者必須接受法律制裁，所以當虬髯客知道李靖兩人的身分後，有兩種可能性：

一是向官府告發兩人破壞階級互許終身，二是選擇幫助一妹隱瞞這個祕密。

如果是前者，那麼李靖就有了殺人滅口的理由，以報虬髯客看張梳頭的無禮之舉；如果是後者，虬髯客就必須盡兄妹之誼，幫助他們逃離被追殺的困境。

由於李靖一開始對虬髯客有警戒心，當虬髯客問「然則何之」，李靖推測他可能是要向官府舉報兩人的去處，所以故意回答太原，以表示自己在太原有認識的後臺可以投靠，要虬髯客別輕舉妄動：

你可別亂來啊，要是敢告到官府去，我這個魯蛇貧士也不是好惹的啊！我在太原也是有兄弟的，了沒？

不料虬髯客從李靖口中聽到了「太原」一詞，卻是正中下懷，因為從後文可知虬髯客本就要動身前往太原，尋找龍氣所在。這下可是歪打正著了呢！

好了，不扯遠了，我們回過頭來說李靖。總之，當李靖對虬髯客掏心掏肺、具言其由之後，就絕不可能讓虬髯客輕易離開，以免事跡洩漏。而這也就解釋了李靖「怒甚，未決，猶刷馬」，以及「出市胡餅」的舉動。原來他並不是低頭示弱，而是爭取時間，想出兩全之策，以化解危機。

正是這種審時度勢的智慧，讓虬髯客感到李靖並非一般的貧士，所以才會對他改觀，進而引發了他用人頭去測試李靖膽量的舉動……唉呀，又扯遠了！關於虬髯客此時到底在做什麼盤算，我們會另外再寫一篇文章跟大家解釋。

靖據其宅，遂為豪家——陳年老魯翻身，變成百萬富翁

經過階級制度的認證，李靖這魯蛇實在是「陳年老魯」，怎麼看都沒得救了！

不過虬髯客看李靖這位中年無業遊民，卻能胸懷大志、意欲推翻隋朝暴政，顯然是對他頗為欣賞。於是，李靖不過是帶虬髯客去見李世民而已，就送了他十萬錢，這筆錢

足以讓李靖「擇一深隱處駐一妹」，翻譯成白話，就是叫李靖在首都的郊區買棟豪華別墅給紅拂女住。

虬髯客如此豪爽，一般人比得上嗎？

不只如此，為了「再度感謝」（？）李靖帶自己認識了李世民，不用再浪費個二、三十年在中原打仗，虬髯客乾脆把所有的財產全都贈送給李靖，要他「將余之贈，以奉真主，贊功業」。

說真的，你見過哪個土豪的氣度比虬髯客還大嗎？

活了四十七年的超強魯蛇李靖，居然有這等好運，碰上了不折不扣的豪俠虬髯客！

小說的開頭，李靖只是一個四十七歲了還沒結婚的貧士，是個口袋不深只能今晚吃雞的庶民百姓。到了小說結束，如果參照正史的話，等於在大業十三年正月到七月之間、最多也才七個月，他就徹徹底底地翻身了！

首先，天仙一般的美嬌娘，居然鬼遮眼似的看上了他這個四十七歲的無業遊民，堅持倒貼嫁給他。而且她還是揹著自己的家當跟李靖私奔的，讓從沒吃過羊肉的布衣李靖嘗到了吃軟飯的滋味有多香。

其次，他遇上一個沒禮貌又是殺人犯的大鬍子外國人。也不過是引薦這個外國人去見了真命天子，外國人就送給他一大筆錢，讓他買了首都郊區的豪宅別墅，隨隨便便就晉身豪野人一族。

最後，也不問問人家李靖願不願意，外國人就把富可敵國的所有財產全都送給了他，包括那匹明明跛腳卻跑得跟飛一樣快的稀世珍驢。真是的！李靖以後每天都要面對一群跟自己嬌妻一樣擁有天人般美貌的家妓，這像話嗎？這種折騰誰還不搶著要啊！

讀者們評評理！這哪是什麼豪俠小說！這簡直就是讓強魯灰飛煙滅的正宗勵志小說啊！

爆卦新聞板

李靖拜謁楊素，背後故事令人暖心……？

由於小說中權傾天下的楊素並無扶危持顛之心，所以那些想在亂世中出人頭地的策士們就一定得「投其所好」，進獻「能讓楊素成為天子的奇計」，才有可能打破階級之別見到高高在上的楊素，否則楊素不會平白接見像李靖這樣的布衣之士。

而李靖若想趁亂世投靠明君，也就是後文中提到的「真人」，則心中必定已經有了適當的人選，並一一拜見。但楊素因為身分尊貴，所以很可能是李靖最難見到的人物；一旦見過楊素，確認了他是否為「真人」，那麼天下豪傑的虛實也就完全掌握、了然於胸了。

所以說，文中雖然只有短短一句「以布衣來謁」，但李靖卻是像遊戲過關一樣，已經經過他人的一次又一次的推薦，最後才終於見到大魔王楊素。

也正是因為如此，李靖在拜謁楊素之前，已經累積了一定的應對之道，去跟階級比他更高的人較勁、周旋。所以當楊素對他愛理不理的時候，他才會放大絕，以平輩之禮對待楊素，刻意僭越階級、以朋友的身分去勸諫他，讓楊素對他另眼相待。

讓李靖又喜又憂的奇女子——紅拂女

紅拂女不僅貌美，而且很可能出身名門世家。根據唐太宗命高士廉等人所撰寫的《氏族志》，張姓是弘農郡四姓之一的世家大族，而紅拂女也正好姓張，這有可能是作者刻意為之的設定。因為許多高官府中的家妓其實出身名門，只不過遭逢變故、家道中落，才會淪落到被皇帝賜給官員為妓的下場。

所以對李靖而言，她是不折不扣的「天人」。再加上她在楊素府中閱盡天下公卿、賓客，了解他們的專長、實力，而這些訊息對李靖日後建功立業至關重要。楊素如果放走了紅拂女，等於是將天下拱手讓人，這對李靖當然是莫大的喜事；但也難保楊素不會派人追回紅拂女，那麼他的雄心壯志就有可能落空，所以為此感到擔憂。

唐代最頂的坐騎——驢子、馬，都幾？

唐代官員或商旅常騎驢，將士才會騎馬。安史亂後，唐朝改採募兵制，流犯、窮人成為軍人的主要來源，因此在作者所處的唐末時期，對騎馬的人印象較為負面。

此外，由於唐朝國姓為李，尊崇老子與道教，而八仙之一的張果老就是倒騎白驢的形象，因此虬髯客的坐騎為蹇驢，除了可推測他的身分不是平民，甚至還具有超然世外的象徵意義。

所謂的「天下負心者」到底是誰？

由於本文的時代背景是在大業十三年，而虬髯客對此人「銜之十年」，表示在大業三年，虬髯客便已經鎖定此人為必殺對象。

前文提到虬髯客乘驢，可以推測虬髯客是假扮商旅或官員，才有辦法接近此人，並卸下他的心防殺掉他，所以這無疑是一次精心策畫的暗殺行動。

而從後文十餘年之內，虬髯客便能在東南方起事成功、自立為王來看，以虬髯客的實力沒道理花十年還殺不了一個人，因此這位「天下負心者」絕非一般的平民百姓。

當虬髯客取出人頭時，李靖和紅拂女都沒有特別的反應，表示這個人頭不是他們認識的人，所以這個人不是李靖所知道的英雄豪傑，或紅拂女所見過的賓客公卿。

扣除以上三類人，加上又是憑虬髯客的財力、物力也難以接近的人物，就能把範圍縮小成皇宮內苑裡的特定人士了。

真命天子速速現身！

虬髯客有逐鹿中原的能力與野心，連楊素也不放在眼裡。然而太原卻在此時產生了龍氣，表示真命天子已經出現，所以虬髯客要到太原一探虛實。

以《易經》一爻十年來推算，若李世民的年紀太小，則處於「潛龍勿用」的階段，龍氣尚未顯現。但大業十三年時，李世民約虛歲二十，正是「見龍在田」——亦即真命天子現身、正要彰顯發揚實力的階段，所以他的龍氣才會為虬髯客所察覺。

是年，李淵正當五十一歲，是「九五之尊」的年紀，氣運正當鼎盛，加上真命天子李世民的幫助，因此兩年後順利取得天下。但六十歲時，李淵的氣運已經走向「亢龍有悔」，便退位給愛子李世民，以安享晚年。而此時的李世民才正值壯年，若天下有其他人想起兵反抗他，也不是一件易事，所以天下才能維持太平。

結合上述的年紀與起兵的條件，可以推論出，李世民就是虬髯客要找尋的真命天子。

樸實無華且枯燥

——虬髯客的日常生活

「虬髯客在旅店死命盯著紅拂女看，一定是喜歡她！」

「你以為用這種死盯著美女看的變態行為可以追到美女？」

一講到虬髯客，許多人總是把他想成介入愛情關係的第三者，把他當成為了成全李靖與紅拂女，寧可默默退讓的多情大鬍子。

這種浪漫的想像，確實是讓〈虬髯客傳〉成為冶「豪俠」、「愛情」的特色於一爐的唐傳奇。但如果仔細思考，就能發現這種想像使虬髯客的個性前後不一、荒唐矛盾。

這就是說，讀者們以貧窮侷限的眼光去看「豪俠」小說，一不小心就會曲解了小說原本要表達的真正意涵，用錯誤的資訊腦補出錯誤的內心戲。

那麼，真正的虬髯客，他的內心戲應該怎麼演，才能讓〈虬髯客傳〉稱得上是一篇道道地地、集豪俠與愛情於一身的小說呢？

某坊曲小宅——歡迎光臨寒舍一敘

虬髯客到底是個怎樣的人，作者刻意留到小說結尾才揭曉。跟著小說劇情的發展，**李靖、紅拂女原本以為虬髯客只是「殺一人還得耗上十年才能成功」的廢物烈士，只是幫望氣者跑跑腿去太原找真人的小弟，只是劉文靜跟道士下棋時站在一旁侍立的跟班，**

只是一個住在坊曲小宅的普通老外……

哪知小說最後，李靖夫婦受邀到虬髯客府中作客，看到的居然是：

延入重門，門益壯麗。

奴婢三十餘人羅列於前，奴二十人引靖入東廳。廳之陳設，窮極珍異，巾箱妝奩、冠、鏡、首飾之盛，非人間之物。巾妝梳櫛畢，請更衣，衣又珍奇。既畢，傳云：「三郎來！」乃虬髯者，紗帽裼裘，有龍虎之姿。相見歡然，催其妻出拜，蓋亦天人也。

遂延中堂，陳設盤筵之盛，雖王公家不侔也。

四人對坐，牢饌畢陳，女樂二十人，列奏於前，似從天降，非人間之曲度。

這一樁樁、一件件，都叫人看傻了眼。要知道，紅拂女可是楊素府中的家妓，而楊素的生活是「奢貴自奉，禮異人臣」。換句話說，楊素的日常已經是皇帝規格。但是虬髯客家中的排場，居然連看慣皇帝規格的紅拂女也驚呆了，忍不住讚嘆「陳設盤筵之盛，雖王公家不侔」！

這就表示虬髯客之前的所有的烈士、跑腿、小弟、跟班等形象，都只是有錢人的日子過得太無聊了，閒來沒事裝裝樣子罷了！其實他的生活已經豪華奢侈到跟皇帝一般的等級了，楊素什麼的，早就不放在眼裡了呀！

而「催其妻出拜，蓋亦天人也」，飲食、妓樂「似從天降」，更說明了虬髯客的豪宅裡只容得下顏值頂天、技藝超群的人。換句話說，如果當初紅拂女來虬髯客府上應徵工作，很可能是會在激烈的競爭中被淘汰的。

所以對李靖而言，紅拂女明明就是「天人」等級、百年一遇的大美女，但是虬髯客當初卻只是輕描淡寫地對李靖說道：「觀李郎之行，貧士也。何以致斯『異人』」。因為虬髯客內心獨白是這樣演的：

什麼「天人」？不好意思，就這等級的「異人」，在我家多的是。

每天看著她們，也是有點膩。

你喜歡？不如就都送給你！

因為有錢人的生活，就是這麼樸實無華且枯燥。

果然，這篇小說的最後，就是虬髯客毫不心疼，隨手就把幾十個紅拂女等級的美女賞給李靖當奴婢……

與其妻戎裝乘馬，數步不見──為妳做不可能的事

〈虬髯客傳〉的高潮，是小說末尾虬髯客的自白。在這一大段自白中，虬髯客先是把所有財產大方贈與李靖，然後說出了他想逐鹿中原的野心因為李世民的出現而破滅，因此他準備轉戰東南起事。然後「言畢，與其妻戎裝乘馬，一奴乘馬從後，數步不見」。

各位，虬髯客原本坐擁豪宅、富可敵國，打算跟中原群雄來個長期混戰。結果這筆足以讓虬髯客打個二、三十年仗的財產，居然說不要就不要了？

不只如此，府上所有的奴僕、天人般的家妓，也毫無保留、悉數送給李靖。

那有如帝王般奢侈的生活，虬髯客一點也不留戀，只帶走一位奴僕以及黃臉婆愛妻（如果交通工具不算在內的話）。

多麼豪邁、多麼豪爽、多麼……呃……老婆，你別激動、拿著刀幹嘛呢？把刀先放下，有話好好說嘛！

各位是否想過，當老公說要把所有財產送人、勇闖異域，而且連個「流浪天涯小包包」也不帶（紅拂女起碼還「杖揭一囊」），就這麼兩袖清風離開億萬豪宅時，作為虬髯客的妻子，聽到這些話第一時間會是什麼反應？

嗯……小說中是沒有寫到啦！但站在「社會觀察家」的角度推測，這個被騙婚的妻子聽到這番話後，翻臉暴走、把虬髯客凌遲個百來遍也很合理吧！

然而，整篇小說從頭到尾，除了「蓋亦天人也」、「與其妻戎裝乘馬」兩句，對虬髯客的妻子便完全沒有任何其他敘述了。這代表什麼意思呢？各位，這代表我們的境界，都遠遠不如虬髯客的妻子。虬髯客送財產給李靖時，他的內心獨白應該是這樣的：

首先，所有的財產都可以送人，包括那匹不咋地神奇的跛腳驢子。

看著李靖那開心到合不攏嘴的樣子，我知道，憑他少得可憐的見識，他不知道我這匹寶馬到底比那匹蹇驢厲害了多少倍。沒關係，就讓他樂著吧！

我的快樂，就是這麼樸實無華且枯燥。

其次，我還要去東南方打天下，雖然一毛錢也不帶，但我需要一個抵得過千軍萬馬的奴才，當我的小弟、我的跑腿、我的跟班。所以，我要帶走這個厲害的奴才。

唉！可憐哪，如果不是我，他可能還在豬籠城寨當苦力。

最後，我要帶著我的愛妻一起打天下。因為聽到我任性的計畫，她居然沒有一絲抱怨，連收拾行囊的動作也省了，就這樣跟我一起流浪天涯。

我的妻子，榮華富貴時與我同在不稀奇，稀奇的是連我落魄江湖，她也二話不說、與我同行。這種黏到沒辦法分開的女人，名字就叫做愛情。

這種不離不棄的妻子，相信我一定能在十餘年後建立一番功業的妻子，整篇〈虬髯客傳〉裡就只有她和道兄看出我有「帝王之相」、擁有一雙比紅拂女更厲害的慧眼的妻子，我怎麼能不為她寫詩、為她做一番不可能的事來報答她對我的賞識與信任呢！

讀者們！看清楚啊！

送巨資給李靖，這叫豪爽！

得一有心人生死相隨，這是真愛！

所以說，〈虬髯客傳〉是道道地地的、把「豪俠」跟「愛情」兩個要素完美結合的武俠小說鼻祖啊！

殺其主自立——虬髯客的生活，就是這麼樸實無華且枯燥

從〈虬髯客傳〉的結尾回推劇情，我們可以知道，虬髯客其實沒有任何理由對紅拂女動心。那麼當初在靈石旅店裡，虬髯客為何要死命盯著紅拂女看呢？

因為他真正要看的不是紅拂女，而是李靖啊！

唉呀！有讀者可能從中聞到了一點「基」情四射的味道……別想歪了！你忘了虬髯客家中有個情比金堅的美麗妻子嗎！

大家還記得嗎？紅拂女在旅店內梳頭，李靖在外面刷馬，而廳堂內則是「烹肉且熟」。憑李靖刷馬的樣子，一看就是吃不起肉的貧士。所以想當然耳，吃得起肉的就是那位守在爐子旁不肯離開、怕肉被搶的長髮女子。

隋唐時代，能夠吃肉的女性，她的身分地位如果不是貴族世家的千金小姐，那就是貴族世家豢養的家妓或奴婢。

虯髯客一定心想：要說是千金小姐嗎？這個妹子身邊沒個二、三十人前呼後擁的，算什麼千金小姐？我家隨隨便便招待客人，就要出動幾十個人接待了！所以這種窮酸到只帶著一個大叔出門的女子肯定不是千金小姐。

如果是家妓奴婢，在隋唐時代，這類女子是主人的財產，一般平民百姓對權貴只有畏懼的分兒，壓根兒就不敢肖想、接近。

那真是奇怪啊？旅店前面那個刷馬的四十幾歲大叔是怎麼撩到她的呢？

虯髯客看著這對男老女少、男卑女尊的夫婦，開始琢磨起他倆到底是怎麼在一起的。

畢竟這時的虬髯客才剛殺完人，心情大好，又正籌備著將來起兵造反當大王。凡事都如此不費吹灰之力……

唉，真難想像一般人每天在底層掙扎著過活的心情啊！我怎麼就每天都過著這種事事順遂、沒有挑戰性的人生呢！好吧，在旅店中反正也是閒來無事，湊個熱鬧、解個悶，我這就當著他的面撩妹，看他會有什麼反應？

於是，虬髯客又開始了他百無聊賴的內心戲獨白：

唉唷！眼前這位大叔居然說：「靖雖貧，亦有心者焉。他人見問，固不言。兄之問，則無隱矣」？

這擺明是想報復我剛剛看了妹子梳頭，對我動起了歪腦筋，想騙我跟他一起造反！

先不說造反就是我平日的休閒娛樂，就算我不肯造反，你這貧士又能怎麼著？殺了我嗎？

是啊，這位張氏長得還算有點姿色，但是跟我家裡的悍嬌妻比差遠了！憑她的眼光，就只看得出你這個「將相之才」而已，在我樸實無華的外表之下，可是不折不扣的「帝王之相」啊！張氏看得出來嗎？

所以說「非一妹不能識李郎，非李郎不能遇一妹」，你倆就是王八配綠豆、天生一對！對我動歪腦筋？我就當你是瘋狗亂咬吧！要知道，我跟妹子都姓張，根據大唐律法：

同姓可是不准通婚的⑦！

還有，我們這個時代，一般平民哪能隨便肖想王公貴族府上的家妓，那可是我們的私人財產啊！你是活得不耐煩嫌命長，想進衙門免費參觀嗎？

---

⑦《唐律疏議．卷十四．戶婚律》：「諸同姓為婚者，各徒二年，緦麻以上，以奸論。」

「吾故疑非君所能致也……」

要不是現在正逢亂世，憑你一介貧士，哪有可能跟貴族的家妓私奔啊！送你你也不敢要啊！不如這樣，這種等級的家妓，我家太多了，最近正想換一批，全都送你怎麼樣？

嗯，既然你李靖想造反學習我平日的娛樂活動，那不如我先看看你有幾顆膽子吧！

「於是開革囊，取出一人頭并心肝，卻收頭囊中，以匕首切心肝，共食之……」

唉唷！不錯喔，人頭沒在怕，心肝也敢吃，這氣魄比得上「割牛心噉之」的王羲之了嘛！是我大意了，還以為你只是個看到美女就想拐跑的貧窮大叔而已。

那好吧，看你剛剛只捨得買了塊胡餅，招待我這個富可敵國的大爺的分上，我之後就用十萬錢報答你這塊胡餅吧！千萬別嫌少啊，這些阿堵之物，我看著真嫌礙眼！

「觀李郎儀形器宇，真丈夫也。亦知太原有異人乎？」

對了，你這一介大叔貧士也想學我怎麼進行娛樂活動，那至少要有點本錢吧？

「嘗見一人，愚謂之真人，其餘將相而已。」

什麼？我就有龍虎之姿、帝王之相啊！你眼睛瞎了居然沒看出來？唉，我平時怎麼說的？貧窮當真是限制了一個人的眼界啊！

「望氣者言太原有奇氣，使吾訪之。」

哦？大叔認識的「真人」在太原？但你的眼界這麼貧乏，我很懷疑啊！我這邊可是出動了「國師」幫忙耶！

「似矣，亦須見之。」

還是我親自跑一趟吧！畢竟我的生活，就像帝王一般乏味，沒事去太原走走、運動一下剛殺完人的筋骨，當成枯燥生活中的小小插曲也不錯……

「真天子也！」

唉唷我去！萬萬沒想到，真是「千算萬算，不如天在算」，遇到李世民，我這枯燥乏味的生活總算產生了點變數啊！也罷，我看東南方的人均GDP不高，很適合我去瞧一瞧。

「海賊以千艘，積甲十萬人，入扶餘國，殺其主自立……」

我當初為誰辛苦為誰忙啊！不如轉行去當海賊王！

「喔喔，有讀者想問，當初虬髯客殺的天下負心人到底是誰？」

花了十年進行的娛樂活動，你以為我會隨便告訴你答案嗎？我知道你也是有錢人，生活跟我一樣枯燥，你就動動腦想一想吧！
你看，為了讓你光滑的腦子長點皺褶，我是多麼的用心良苦……

因為我虬髯客的生活，就是這麼樸實無華且枯燥啊！

天師贊曰

事業？還是愛情？小孩子才做選擇，我全都要！

爆卦新聞板

揭開虬髯客的年齡密碼

「或當龍戰三、二十載，建少功業。」

虬髯客對李靖說打天下要二、三十年，而僅能建少功業，這就表示虬髯客預計自己二、三十年後的年紀已經大到難以在戰場上拚搏太久。其次，若以李淵為例，五十一歲時起兵，李世民正當二十歲，則李淵是三十歲左右就有子嗣，這樣，來李淵就不必擔心後繼無人。而從後文可知虬髯客離開中原時並無子嗣，因此合理推測是，此時的虬髯客年紀也約當三十上下，在東南方起事成功時才四十多歲，足以穩定政局，也可以培育子嗣接班。

虬髯客的識人之明堪稱最高？

虬髯客在短短時間內，從李靖和紅拂女的飲食、儀態、舉止就判斷出兩人門不當戶不對，所以才會問：「何以致斯異人？」而從後文「吾故疑非君所能致也」一語，可知此時虬髯客心中已經推斷出除非紅拂女是自願相隨，否則兩人不可能在一起。

在小說的後半段，虬髯客還說：「非一妹不能識李郎，非李郎不能遇一妹」，意指李靖日後必成開國功臣，而紅拂女也能同享榮華富貴。這也表示，李靖夫婦注定要幫助李世民，與虬髯客的王道霸業無緣。而關於這一點，虬髯客當初在靈石旅舍相見時就已了然於心，因為紅拂女和李靖在當時都未能看出虬髯客有「真人」之相。

大家來找碴！〈虬髯客傳〉的李靖和史書記載有何出入？

小說中有提到李靖森七七刷馬的情節，但在正史上，李靖可是位知所進退、明哲保身的聰明人！《舊唐書．卷六十七．李勣傳》：「靖性沉厚，每與時宰參議，恂恂然似不能言。」史臣則說李靖：「臨戎出師，凜然威斷。位重能避，功成益謙。」可見李靖非常懂得掌握說話的藝術，什麼時候該閉嘴聆聽，什麼時候該果斷殺伐，他可是了然於胸，分際拿捏得恰到好處，任誰也挑不出任何毛病呢！

另外，在正史上，李靖在年少時即以擅長兵法聞名了。《舊唐書．卷六十七．李靖傳》：「靖姿貌瑰偉，少有文武材略，每謂所親曰：『大丈夫若遇主逢時，必當立功立事，以取富貴。』其舅韓擒虎，號為名將，每與論兵，未嘗不稱善，撫之曰：『可與論孫、吳之術者，惟斯人矣。』」

所以〈虯髯客傳〉文末提到「衛公之兵法，半是虯髯所傳也」，那是純屬虛構，是作者為了凸顯虯髯客的英雄本色，而做出的改寫喔！

哥收藏的不是畫，是文化

——「正午牡丹」的古畫有貓膩？

「歐陽脩『六一居士』的名號，到底是哪六個一，好難背啊！」

「不就是一個老宅男跟他的五個嗜好嘛！」

《夢溪筆談》是北宋政治家、科學家沈括晚年的著作，本書收錄他一生的見聞，上至天文、下至地理，無所不包。如果他投胎到現代，光是上電視當名嘴，或是在網路上當youtuber，絕對可以沒完沒了地從外太空聊到內子宮。不過本文要談的不是《夢溪筆談》，也不是沈括這個人，而是書中的一則紀錄。

《夢溪筆談．卷十七．書畫》第一則是這樣記載的：首先是作者對當時的書畫收藏的歪風——「耳鑑」跟「揣骨聽聲」——做出了評議，其次則是關於歐陽脩所收藏的一幅畫的故事：

北宋大文豪歐陽脩有一幅古畫，古畫的作者是誰不知道，這幅畫是不是歐陽脩自己買的也沒交代清楚，總之只說歐陽脩得了一幅古畫。這幅古畫中畫了一叢牡丹，牡丹花下則有一隻貓……沒了，就這樣。

奇怪，牡丹與貓，有什麼關連嗎？怎麼會成為繪畫的主題呢？

原來，牡丹是唐朝國花，雍容華麗，具有「富貴」的象徵意義。而貓是深受唐代貴族喜愛的寵物，加上貓、耄諧音，所以有「長壽」之意。牡丹與貓，合起來就有「花開富貴」、「福壽雙全」的寓意，很適合用來獻給皇親國戚、高官重臣作為逢迎拍馬的祝壽之禮。

不過，古畫的寓意當時的人顯然是一看就懂，沒啥了不起，所以故事裡壓根兒就不提這件事。但是這幅古畫畫得好還是不好，歐陽脩卻看不出來。這臉真是丟大啦！歐陽脩可是曾經研究過牡丹，還撰寫過一篇長達三千多字的〈洛陽牡丹記〉的「牡丹達人」呢！但這幅畫了牡丹的古畫，大文豪居然說他鑑賞不了？

這時候，他的親家吳育出馬了！只不過看了這幅畫一眼，吳育立刻說道：「這是正午時分的牡丹。」

什麼！張口就是結論？你說是就是？證據呢？

物態研判的能力——你以為你看到的是你看到的嗎？

就知道你不服，所以接下來，吳育便言簡意賅地說明他的結論是靠「研判（畫中牡丹與貓的）狀態」而得出的。亦即以早晨帶露水與正午時分牡丹的開花狀態的不同，以及貓咪早、午、晚眼睛由圓至細、由細變圓的變化，而得出來的結論。

好吧，既然有證據，算你厲害！那畫家為何要畫「正午」時分的牡丹與貓呢？其他時刻不行嗎？

其實，只要思考一下「太陽」在古代的象徵為何，你大概就明白了。例如中國傳統圖案中的「丹鳳朝陽」，寓意是「賢才逢明時」，「明時」指的就是聖王、賢君在位的太平盛世；還有「天無二日，民無二王」，以「太陽」比喻君王。換句話說，這幅看似工筆、觀察入微、講究寫實的古畫，除了「富貴」（牡丹）、「長壽」（貓）等原本的吉祥寓意，居然還透過「正午」這個時辰，加碼表達出「如日中天」的含意，暗示了當時的時代環境，或者讚美一個人地位之高隆、威望之尊崇。

這就表示，畫家藉由觀察牡丹的色澤、貓眼的圓細等日常事物的變化，結合了成語的意涵，成就了這幅既工筆、又富新意的畫作。

至於這幅畫到底畫得好還是不好呢？奇怪，故事到此就結束了，文中也並不明白給出一個結論，而是在這則紀錄的末尾，以「善求古人筆意」作結。仔細推敲這句話，就會發現沈括同時讚美了三個人：

歐陽脩虛懷若谷，移樽就教（善求古人筆意）。

吳育聰穎捷悟、慧眼不凡（善於求古人筆意）。

畫家構思精巧、匠心獨具（古人求善於筆意）。

什麼意思呢？這就是說，讀者你看懂沒，我沈括不在乎。重點是我沈括已經把這幅畫好在哪裡「暗示」給你看了……

其他的我不好說。

喔，好吧，既然不好說，那本文就此結束……

等等，本著沈括求知與實踐的科學精神，我們不也應該來求一下「古人筆意」嗎？例如，沈括為何在故事的最後，留下耐人尋味的一句話，然後就像曹操的阿公——下面沒有了？

我有文化，我驕傲——宋朝是文化人的黃金時代

閱讀文章，最關鍵的莫過於開頭與結尾。開頭通常是作者提出的觀念，結尾通常是作者精心辯證後的結論。沈括在〈書畫〉的第一則就評議書畫收藏家的鑑賞方法，接著敘述了「正午牡丹」的故事。那他是不是有意藉由歐陽脩這種大文豪等級的人，來打臉那些書畫收藏家呢？還有，最後一句話，到底「辯證」出什麼了呢？

嗯，其中必有貓膩……且讓我們話說從頭。

從黃巢之亂開始，一直到北宋統一天下，中原大地被戰亂蹂躪了將近一個世紀之久。由於不想再重蹈唐末以來藩鎮割據的覆轍，於是宋朝制定了「重文輕武」的開國政策。

這個政策讓社會風氣有了急遽的轉變：原本唐朝末年以來動不動就篡位當皇帝的大將軍，在北宋的地位可說是一落千丈，例如功高震主的狄青，居然連妓女也能用「斑兒」一詞嘲笑他臉上的刺字。

反過來說，即使社會底層的販夫走卒，穿的也是跟文人同款的高級訂製禮服。司馬

光在〈訓儉示康〉中提到：「近歲風俗尤為侈靡，走卒類士服，農夫躡絲履」，說明了連廣大的勞動階層都以教授、官員的穿著打扮為時尚指標，文人社會地位之高，由此可見一斑。

不過，穿了袈裟不代表你就會念經。看看魯迅筆下的「孔乙己」，說著「之乎者也」就想得到普羅大眾的認同？結果還不是落得一個落魄淒涼的下場。所以說，「文化」二字不能光說不練，沒有點真材實料、藝術涵養，還想跟「文化」沾上邊？

什麼是文化？做什麼是有文化？——問「六一居士」就問對人了

不說你不知道，事實上在宋朝，想跟「文化」沾上邊的人還真不少，而且還挺容易的！話說一般的普羅大眾想立刻晉身為文人固然有難度，但也不是沒有捷徑。除了靠外在打扮之外，「口袋很深」的人也可以用錢堆砌出文化靠支持文化事業，表現出自己是有文化的人。

可是歸根究柢，**到底什麼是「文化」？做什麼才算是有文化的人？**

「文化」一詞看似很高雅，說穿了，它的本質也跟跑步、游泳沒兩樣，還不是「你做什麼、他做什麼」嗎？西方人本來用刀叉吃飯的，到了東方就入境隨俗改用筷子，這不就是學習文化、適應文化了嗎？

所以說文化人做什麼，你也跟著做什麼就行了！而宋朝最具指標性的文化人是誰呢？自然是鼎鼎大名的文壇領袖、「六一居士」歐陽脩啦！

當然，你要說是蘇軾也沒毛病，畢竟蘇軾詩詞書畫冠絕一時，他的文學地位自然是「八風吹不動」的。只不過歐陽脩恰好是提拔蘇軾的人，地位還是稍微高於蘇軾，基於尊重老人家（？）的原則就把這個頭銜讓給歐陽脩吧！

言歸正傳，歐陽脩這位指標性的文人喜歡什麼呢？你看他「六一居士」的稱號就知道了。「六一居士」的意思是：我歐陽脩是一個宅在家的老頭兒，家裡有一萬卷藏書、一千卷三代以來的金石書法作品、一張琴、一局棋，還有就是隨時隨地都準備了一壺酒。這樣不就湊成「六個一」囉！

各位，這就是宋朝文人的嗜好，只要有這些嗜好，你就是不折不扣的文化人了！有錢就買酒喝，沒事就下下棋，買一張琴掛著當裝潢，搜刮（？）來的書跟書法作品多到可以蓋間圖書館……可以啊，這很文化！

所以說，只要有錢，想要當一個文化人，也不是什麼難事嘛！

咦，等一下，似乎有哪裡不對勁？琴、棋、書都有了，連「喝酒」這種不良嗜好（？）也毫不避諱、堂而皇之地出現了，那「畫」怎麼就缺席了呢？

有錢不是萬能，沒錢萬萬不能——書畫鑑賞速成班

原來在宋朝，「畫」被炒作得太嚴重，以至於憑文化人的經濟能力也負擔不起。沒有比較，就沒有傷害，我們就拿實例對比看看。《夢溪筆談．書畫》中提到，宋代士人收藏的書法作品，主要是東晉以來「弔喪」、「問疾」這一類的書簡。這類書簡不在唐代官府收藏之列，所以才能在民間廣為流傳。換句話說，對宋朝的文化人來說，書法作品的收藏門檻低，入門容易。

再來，歐陽脩在〈盤車圖〉題畫詩中說到：「楊生忍飢官太學，得錢買此才盈幅。」楊生是指王安石的女婿楊褒，當時擔任國子監直講，也就是國立大學的助理教

授。他買了一幅〈盤車圖〉，請大文豪歐陽脩題詩。結果歐陽脩在詩中說楊褒為了買這幅畫，即使已經貴為太學生的老師了，居然還得省吃儉用到挨餓的地步才買得起這幅畫。

綜合兩則故事來看，宋代文人要收藏書法作品比較容易，但是要買到一幅值得收藏的作品，口袋不深是辦不到的。為什麼呢？

這是因為名畫都被有錢人給買走了嘛！

讓我們回到《夢溪筆談．書畫》的第一段話：

藏書畫者，多取空名。偶傳為鍾、王、顧、陸之筆，見者爭售，此所謂「耳鑑」。又有觀畫而以手摸之，相傳以謂色不隱指者為佳畫，此又在耳鑑之下，謂之「揣骨聽聲」。

這說明了什麼呢？有錢人買書畫作品時，他們灑錢的手速鑑賞書畫的標準靠兩件事決定：

首先就是「鍾、王、顧、陸」這些大書法家、大畫家的作品，買了一定不會錯！

其次就是摸起來平滑的畫作，技巧就是高超！增值空間大，值得投資、炒作！

所以說，當有錢人跟隨時代風氣、爭相用錢砸出「文化人」的品味時，靠著死薪水、不會投資理財的文化人就只能閃邊去涼快了！堂堂文化人指標歐陽脩，「六一居士」這稱號中居然連「一幅畫」都沒有，得了古畫還得移樽就教，靠別人提示他畫的好壞，也就不足為奇了！

你才沒文化，你全家都沒文化——文化就是生活，生活就是文化

有錢人用錢砸出品味、堆出文化，這種行徑看在正宗文化人沈括的眼裡，真是「孰可忍孰不可忍」！有王羲之的書法了不起嗎？有顧愷之的畫作了不起嗎？

這個嘛！平心而論，是很了不起啦！因為不論是在宋朝還是現代，他們的作品確實都是國家級寶藏啊！

但是……

靠作者的名聲去買畫，你怎麼知道是不是買到了贗品？

靠手指去摸畫，古畫的紙質和顏料被你摸壞了怎麼辦？

換句話說，沒有鑑賞能力，你還是只能淪為灑錢機器而已。你灑錢的手速再快，也快不過慾望遮蔽你耳目的速度，提高不了文化內涵的程度。想靠砸錢晉身文化人？對不起，沒文化就是沒文化，這是一翻兩瞪眼的事實。

沈括在《夢溪筆談》的序言中說到：「**繫當日士大夫毀譽者，雖善亦不欲書，非止不言人惡而已。**」表明了沈括不想在書中評議北宋士大夫的行為。這是因為北宋新舊黨爭嚴重，文人常常「禍從口出」，所以為求自保，任何有關士大夫的評價或說法，沈括乾脆都噤聲不提。像是這則「正午牡丹」的故事，曾經加入新黨陣營的沈括要是稱讚了歐陽脩虛心求教的態度，不僅會打臉許多沽名釣譽、欺世盜名、不懂裝懂的「**假文化人**」、「**假書畫收藏者**」，還會在士大夫的群組裡被輿論噴成「**舊黨同路人**」，然後被投訴、檢舉、封鎖……

但是沈括在這則故事的最後，還是忍不住秉著良心，站在「文化人」的立場，公正客觀地說了一句「**此亦善求古人筆意也**」：

得了畫作的歐陽脩，在乎這幅畫的作者是誰嗎？

鑑賞畫作的吳育，需要用手指觸摸畫作才能確定畫功的高下嗎？

這才是真正的「文化人」啊！

所以何謂「文化」？文化並不是時尚、潮流，不是你做什麼、他做什麼，更不是隨隨便便就可以用錢堆砌出來的。本文前面提到「入境隨俗」的例子，也不單單只是學習與適應文化而已，更重要的是對文化的「理解」與「尊重」。

書畫鑑賞也一樣，作者的想法與創意，比名聲、技法更值得探究與推崇。所以說，管他什麼鍾、王、顧、陸，什麼揣骨聽聲！當你了解了作者創作的初衷、與作者產生了共鳴，就算沒錢收藏書畫，又有什麼關係呢！重點是你找到了一位知音，而那位知音，也穿越時空找到了你。

這就是文化的力量，這種共鳴就是文化所帶來的影響。而讓「理解」與「尊重」落實在生活之中，才是真正有文化的人。

天師贊曰

不懂就別裝懂了，不是能讀書認字就可以上大學的好嗎？

當郭橐駝遇上柳宗元

——你去過人間煉獄豐樂鄉嗎？

「柳宗元可以把郭橐駝種樹的技巧，跟治理人民的道理扯在一起，這腦洞也開太大了吧？」

「假如柳宗元對當時的皇帝講一樣的話，『腦洞大開』的就會是柳宗元了呢！」

〈種樹郭橐駝傳〉是柳宗元的作品，內容可以概分成兩部分。首先是介紹種樹達人郭橐駝，並由記者柳宗元（?）詢問他種樹的技巧；郭橐駝也不藏私，親切地把「順木之天，以致其性」的要訣一一告知。接著，記者沒頭沒腦地問：「以子之道，移之官理，可乎？」郭橐駝便以「長人者好煩其令」為開頭，並以「旦暮，吏來而呼」的實例證明。記者採訪完畢之後，在文末感嘆道：「不亦善夫！吾問養樹，得養人術焉。」

奇怪，柳宗元到底在感嘆什麼，郭橐駝明明就是答非所問啊！種樹跟當官，不是八竿子也打不著的兩件事嗎？

假如你是柳宗元——課本沒有告訴你的事

柳宗元，唐代宗大曆八年（西元七七三年）出生於京師長安，是道道地地的「天龍國」人。七歲時（西元七八〇年），新任皇帝德宗即位，從此京師就再也沒有過上一天太平的日子。登基的第一年，邊疆的外族就用「寇邊」代替了朝貢的大禮。外患一起，內亂也紛至沓來。各地的藩鎮、軍閥起兵造反，一時之間狼煙四起。朝廷為了平定各方亂事，忙得暈頭轉向、焦頭爛額。

十歲時，京師發生大地震，但是百姓要面對的不是只有震災。正所謂「一天不造反，渾身不舒坦」，「造反」已經連續三年蟬聯最受藩鎮喜愛的運動。為了籌措軍費，朝廷只好一再向人民加稅：

你喝茶不？買茶要扣**茶稅**！

你要買用竹子編日常用品？行，得扣**竹稅**！

你有家可住？這是朝廷的德政啊！來，繳**房屋稅**！

你家牆壁、樑柱、碗盤要用油漆裝飾？這麼奢侈？要加**漆稅**！

你想種花草果樹？這些草木開花結果了是可以拿去賣錢的，要扣**蔬果稅**！

什麼？你的家人都餓死、戰死、凍死了？就算死了我也要跟你收**死人稅**啊！

沒錯，就連死人也要收稅！為了搜刮到更多的錢，中央政府與地方官吏，已經沒良心到泯滅人性的地步。但你以為這就是悲慘的盡頭了嗎？建中三年（西元七八二年）、四年，京師接連發生嚴重的大地震，將近四成的人口因此喪命。換句話說，才短短兩年，當時地表最繁榮的城市——大唐首都長安，居然變得跟酆都鬼城一樣人煙稀少。

建中四年（西元七八三年），隨著當官的父親調任至河南，十一歲的小柳宗元終於幸運地（？）離開了京師這個被叛軍反覆蹂躪、被天災連年侵襲、被朝廷不斷加稅的人間煉獄。但是……

如果你是京師裡倖存的平民百姓呢？

假如你是郭橐駝——看盡人間興廢事，不曾富貴不曾窮

郭橐駝，住在長安西邊的豐樂鄉。本名、年齡皆不詳，就連唐代長安城西邊是否有豐樂鄉也是個問號。事實上，假如你是郭橐駝，「豐樂」二字肯定只是不切實際的幻象，是生命中不曾出現的鏡花水月。

在柳宗元舉家搬離長安的那一年，德宗為了搞定河南的叛軍（還記得柳宗元搬家搬

到哪兒了？）調動了涇州、原州的士兵來勤王。但是京城那些不知好歹的大官們，竟然給這些遠道而來的勤王士兵吃餿水！將士們一怒之下攻入長安城，德宗嚇得驚慌失措、倉皇出逃。不僅如此，京師還連續兩年發生蝗災。蝗災之後，饑荒就跟著來了。震災、戰火、蝗災、饑荒……京師的百姓都快死絕了，誰還給你繳稅呢？朝廷不得已，在這一年減免了人民稅賦。

貞元元年（西元七八五年），將軍李晟終於平定叛亂，從奉天迎回德宗皇帝。但是天下並沒有因此太平，除了延續前年的蝗災之外，全國各地還發生了雪災、旱災和風災，除了戰死之外，被凍死、渴死、餓死的百姓不計其數。到了這個地步，就不只有京師是鬼城了，你走到哪兒都是人間煉獄！於是朝廷逼不得已，宣布這年免繳稅賦，讓百姓休養生息。

然而，百姓絕望的哭聲沒能讓天災人禍就此停止。貞元二年（西元七八六年），全國各地雪災、雨災、震災、雹災接踵而至，饑荒的情形也沒有任何好轉的跡象。這時候的唐朝，已經不是只有百姓挨餓受凍，連皇帝也成了頭號受災戶。這年的四月，當節度使韓滉終於把糧食送進關中地區時，德宗喜出望外，不顧天子身分之尊貴，一路奔跑到東宮對太子說：「關中有糧食了，我們父子倆終於可以活命了！」

是的，這就是一個連皇帝也吃不飽的年代，這就是走到哪裡都是人間煉獄的大唐。如果連高高在上的皇帝都不知道下一餐在哪裡，你還能天真地期待百姓過上「豐樂」的生活嗎？

經過多年的戰亂與飢餓洗禮，德宗變得疑神疑鬼，再也無法信任文武百官：迎接他回京師的將軍李晟因為功高震主被疏遠，拯救他免於飢餓的節度使韓滉也老病去世了。德宗變得貪婪無度，深信只有金銀財寶不會背叛他，並且步上父親代宗的後塵，開始親近宦官，任憑五坊小兒欺凌百姓。

早在建中三年（西元七八二年）四月，由於各種天災人禍，人口跟稅收銳減。為籌措更多軍費，於是德宗便把貪婪的魔爪伸向京城富商：

（德宗下詔）命令京兆尹、長安縣令及萬年縣令大肆搜刮京城以及近郊富商的財富，對不聽命令的人不惜動用嚴刑峻法。有些富人受不了鞭笞之苦，甚至選擇輕生。整座京城就像是被盜賊劫掠過似的，充滿著不安與恐懼的氛圍。搜刮完畢之後，發現只有八十萬貫錢，京兆尹的副手韋禎又將全城的當鋪全都搜刮一遍，才得到二百萬貫。❽

你看看，為了搜刮財富，德宗竟然不要臉到自己當起盜賊來了！如果連富商都會被官吏逼到自縊，那麼對待平民百姓時，其態度之蠻橫、手段之凶殘就更不用說了！

貞元十九年（西元八〇三年），監察御史韓愈上〈論天旱人饑狀〉，建議德宗給京師百姓減稅。奏章中提到京師到處都有丈夫拋妻棄子、逃至遠方躲避繳稅的情形。而不忍妻離子散的人，也只能拆掉勉強能遮風避雨的房子賣錢，或者砍伐樹木來應付蔬果稅等名目不一的苛捐雜稅。在連年饑荒的情況下，路邊和溝渠裡堆滿了凍死、餓死的人，就算勉強活著，那些在死亡邊緣徘徊的百姓們也根本繳不出稅賦❾。

---

❽《舊唐書．卷十二．本紀第十二德宗上》：「詔京兆尹、長安萬年令大索京畿富商，刑法嚴峻……人不勝鞭笞，乃至自縊。京師囂然，如被盜賊。搜括既畢，計其所得才八十萬貫，少尹韋禎又取僦櫃質庫法拷索之，才及二百萬。」

❾〈論天旱人饑狀〉：「今年已來，京畿諸縣，夏逢亢旱，秋又早霜，田種所收，十不存一。陛下恩逾慈母，仁過

然而京師的最高長官——京兆尹李實，卻不顧京師已經饑荒三年的事實，對德宗謊稱「今年雖旱，穀田甚好」，依舊橫徵暴斂。視財如命的德宗也將韓愈外放到邊疆荒地，聽任李實繼續搜刮百姓。優人成輔端把李實的暴行作成詩歌傳誦，期望能上達天聽，竟被李實動用酷刑，亂棒打死……

是的，為了稅賦，有錢人會被朝廷活活逼死，敢對抗官府的人會被活活打死。而郭橐駝，就是在這樣的人間煉獄中倖存下來的人物。

字而幼孩，遂而雞豚——人為刀俎，我為魚肉

看完這些，你才能恍然大悟，明白了〈種樹郭橐駝傳〉中官吏所說的一番話到底暗

春陽，租賦之間，例皆蠲免。所徵至少，所放至多；上恩雖弘，下困猶甚。至聞有棄子逐妻，以求口食；坼屋伐樹，以納稅錢；寒餒道途，斃踣溝壑。有者皆已輸納，無者徒被追徵。臣愚以為此皆群臣之所未言，陛下之所未知者也。」

藏什麼玄機：

「長人者好煩其令，若甚憐焉，而卒以禍」：治理百姓的長官們一天到晚發布命令，看似擔心百姓因為遲繳租稅而受罰，其實最終還不是讓百姓受害遭殃！

「旦暮，吏來而呼」：長官底下的小官吏們，受不了長官給的壓力，三不五時就會來吆喝百姓。而這些小官吏們是怎麼催繳租稅的呢？

「促爾耕，勗爾植，督爾穫」：冬天時就去催促百姓，記得春天來臨時要早點耕種。春天時，百姓才正要耕種，就提醒他們夏天時要勤勉下田。等到夏天了，就去督促百姓一定要準時繳交秋稅的田租！

「蚤繅而緒，蚤織而縷」：冬天就告訴百姓，春天時可別偷懶，一定要好好養蠶！春天時就去提醒百姓，快點織布，一定要準時繳交夏稅的布帛！沒繳稅的百姓，二話不說，送交官府嚴懲。那麼繳了稅的呢？總可以休息休息了吧？那怎麼行！

「字而幼孩」：饑荒？我不管，好好養大你的小孩，這樣才有人下田、織布、繳稅！

「遂而雞豚」：夏稅繳完還有秋稅！今年繳完還有明年！

「吾小人輟飧饔以勞吏者，且不得暇，又何以蕃吾生而安吾性耶？故病且怠……」你繳完稅了，但是你的鄰居逃跑了，你一樣要幫他繳稅！什麼？繳不出來？那你就好好養肥你的牲畜，孝敬孝敬我，長官面前我再考慮給你們美言幾句吧！

柳宗元藉由郭橐駝的口，說出了人民的心聲，含蓄而隱晦地道出了底層百姓真實且悲慘的景況。換句話說，郭橐駝未必真有其人，但是百姓生活困頓、顛沛流離的情況下，還要被朝廷課以重稅，卻是真有其事。

假如你是柳宗元，你會怎麼做呢？

治大國若烹小鮮——在人吃人的世界該怎麼生存

貞元九年（西元七九三年），年僅二十一歲的柳宗元進士及第，名動京師。貞元十四年，柳宗元初入仕途，一直到順宗永貞元年（西元八〇五年），是柳宗元最接近權力核心的時期。他不是在養尊處優的環境下長大的，繁華的長安他待過，殘破的京師他也見過。如果他是個沒有理想的士人，在人吃人的世界中，他就會選擇隨波逐流，畢竟他也看到了前輩韓愈的下場：上書請求減稅，結果被貶去荒郊野嶺當陽山令。想跟德宗皇帝談「錢」？沒有「腦洞大開」就算是幸運了！

但柳宗元並不想隨波逐流。他是才華橫溢的初生之犢，試圖在官場上有所作為，最好是能大刀闊斧地改革德宗時期腐敗的吏治，還給黎民百姓一個大唐盛世。貞元二十一年（西元八〇五年），柳宗元與王叔文等人與太子結黨。同年，德宗駕崩，太子即位，是為順宗。柳宗元如願以償，進入權力核心。這一年，他才三十三歲。

意氣風發的柳宗元果然雷厲風行地進行了新政。他與王叔文、劉禹錫主導了「永貞革新」：貪腐殘暴的李實立刻被貶到四川去吃火鍋，德宗時期張揚跋扈的宦官和五坊小兒，也個個遭到罷黜。一連串大快人心的舉措，讓京師百姓幾乎要看到黎明的曙光了！

然而，**永貞革新，前後只歷經了一百四十六天**。

柳宗元、王叔文等人銳意改革，想把當時已經中風的順宗當傀儡，所以阻止皇帝立嫡。而遭受打壓的宦官不甘示弱，極力要求順宗冊立太子，甚至成功逼順宗禪位。太子即位，是為憲宗。他忘不了自己被冊立時，王叔文等人失望、不屑的表情，於是將永貞改革的領導人物，包含柳宗元在內，全部貶謫到偏遠的地方。

柳宗元等人秉持崇高的理想，轟轟烈烈地進行新政，卻只落得歐陽脩對「永貞改革」的無情批判：

> 王叔文只是一個志得意滿的小人，偷取了天下至高無上的權柄，和春秋時期魯國陽虎作亂失敗、闖入宮中搶走國寶大弓，在春秋被孔子視為盜國之賊是一樣的。柳宗元等人違背志節跟從王叔文，一時僥倖獲得寵遇；當時順宗罹病昏懦，太子的明德遭到忽視，於是天下權柄便集中到王叔文等人的手中。所以賢能的人不屑他們、邪惡的人又嫉恨他們，導致他們一旦失勢就沒有東山再起的機會，這也是合情合理的！如果柳宗元不依附王叔文這群朋黨，自己發揮自身的才能與謀略，那麼還不失為一個有治理才能的循吏，真是可惜啊！[10]

---

[10]《新唐書‧卷一百六十八‧列傳第九十三》：「叔文沾沾小人，竊天下柄，與陽虎取大弓、《春秋》書為盜無以異。宗元等橈節從之，僥幸一時；貪帝病昏，抑太子之明，規權遂私。故賢者疾，不肖者媢，一僨而不復，宜哉！彼若不傅匪人，自勵材猷，不失為名卿才大夫，惜哉！」

難道柳宗元真的錯了嗎?永貞革新到底為何失敗呢?

「我錯了嗎?」

從柳宗元日後在柳州的政績來看,他絕對不是貪官汙吏。但是在他最接近權力中心的時候,因為除惡務盡、操之過急,反而喪失了造福天下百姓的良機。〈種樹郭橐駝傳〉中,柳宗元曾藉郭橐駝之口,以「種樹」為喻,表達他心中的理想吏治:種樹應當「順木之天,以致其性」,為官者也應該順應百姓的想法與意願。種樹應當「不害其長」、「不抑耗其實」,為官者也應該不要過度打擾百姓生活。

但是柳宗元忽略了,百姓固然不可過度打擾,沉痾已久的吏治也一樣。

《老子.六十章》說:「治大國若烹小鮮。」治國千萬不可以急躁,要像煎小魚一般小心謹慎,不要過度去翻動,否則容易把小魚煎爛。同樣的道理,貪官汙吏與腐敗的權貴們,也不是一朝一夕可以改變的。應該小心謹慎、步步為營,就像馮諼對付孟嘗君一樣,虛與委蛇、周旋到底才是上策。

各位，還記得〈種樹郭橐駝傳〉的最後一句嗎？

「不亦善夫！吾問養樹，得養人術焉。」傳其事以為官戒。

天師贊曰

沒事別穿越到中唐，光是繳稅就能讓你家破人亡！

深入調查！「豐樂村」是否真有其地？

按本文「其鄉曰豐樂鄉，在長安西」兩句，則豐樂鄉應在長安西邊。但根據唐代行政區域劃分道州縣三級制，並沒有「鄉」這種名稱，因此「豐樂鄉」應為柳宗元虛構的地名。然此地名也並非無中生有：京畿道雍州京兆府興平縣（今陝西興平），在現今轄屬的趙村鎮，其下轄有「豐樂村」，地理位置位於西安市西邊約七一一公里處。柳宗元在二十一歲中進士後，因父喪丁憂三年，期間曾赴邠州（今陝西彬縣，在西安市西北方）考察，往返途中很有可能經過興平縣。姑且不論趙村鎮的「豐樂村」自唐以來是否改動過名稱，此地至少符合了地理位置「在長安西」的條件。故文中所謂的「豐樂鄉」雖然不見於唐代行政區域的劃分，但很有可能就是化用了興平縣「豐樂村」的地名。貞元年間，叛亂不斷、災禍連年、吏治敗壞，百姓怨聲載道，德宗卻充耳不聞，甚至將陸贄、韓愈等忠臣貶謫，以塞諫言之路。因此，或許「興平縣」的「豐樂村」，就是柳宗元寫作此寓言的故事背景，用以寄寓他「興唐平叛、物豐民樂」的期盼。

直擊！M型化社會的悲歌

中唐豪富兼併土地、逃漏稅嚴重，是中唐國勢衰頹的主因。

首先是財富分等的制度沒有精確執行，讓富人得利、貧者受害。安史亂後，豪富不斷兼併貧者的土地，但是由於兩稅法的稅賦分等沒有落實，因此富人的田產增加了，稅額卻沒有增加。反之，貧者已經將土地賣給富人、淪為佃農了，在稅賦分等制度上卻仍然屬於有田產的人，因此繳納的稅賦相對變得更重。

其次是逃漏稅嚴重，造成稅賦不公。唐代稅賦制度將人民分成「課戶」和「免課戶」，「免課戶」就是受到國家優待可以減免稅賦的人（如皇親國戚、鰥寡孤獨、老弱殘疾、僧尼奴婢等）。唐肅宗年間，免課戶的戶數竟然已經超越課戶，造成朝廷徵稅來源嚴重不足；加上豪富用錢收買官吏、降低稅額，使得朝廷無法從豪富身上徵得應有的稅收。另外，豪富還可從佃農身上另外收取私稅，導致佃農除了朝廷的官稅之外，還要額外負擔地主徵收的私稅，以及地方節度使所濫增的稅目。

最後，是連坐法的實施，讓百姓寧可遠走他鄉。由於兩稅法中規定，各地繳納給朝廷的稅額是固定的，假如課戶減少，那就要由左右鄰居分擔稅額。因此，各地稅吏才會無所不用其極地壓迫人民，防止人民落跑。這就逼得貧者也開始想盡辦法成為「免課戶」，或者逃到其他較富庶的地區，以減少稅賦的負擔。

以上三個原因，導致稅賦不均、貧富差距等不公不義的社會亂象越來越嚴重，因而也就注定了唐朝走向滅亡的命運。

出乎意料！唐代園林何其多？

唐代園林藝術發達，溫室栽種四時鮮花的技術已經非常成熟，能讓百花在寒冬開放、供人欣賞。根據北宋李格非《洛陽名園記》，在貞觀年間，光是洛陽城就號稱至少有上千處公卿官員所建造的邸園。而除了王公貴族蒐羅各種奇珍異草的官邸園苑，文人在官場失意之餘也會將心力投入園林藝術，如王維的輞川別業、白居易的廬山草堂等，因此隋唐時期是中國園林藝術發展的黃金時期。為了讓精心設計、維護的園林在一年四季都能有不同的美景可供觀賞，種樹者的栽種和移植技術自然就成為園林藝術的關鍵所在。

高手在民間！郭橐駝的神奇綠手指

郭橐駝種樹技巧究竟有多強？

首先，移植的草木可能會因為水土不服而影響生長，導致枯萎、死亡。但是郭橐駝所種植或移植的樹木卻能做到「無不活」且「碩茂」。

其次，為了觀賞之用，園林經營者有時會打亂花期，讓特定的植物在特定季節開花，以致影響樹木結果率的良窳。但郭橐駝卻能讓樹木「蚤實以蕃」，也就是即使提早結果、也能結得又多又好，由此可知其種樹技巧確實非常高超。

強到逆天的精神攻擊

——先王召喚術

「既然齊宣王討厭靖郭君，為什麼不像鄭莊公一樣，聯合其他宗室大臣攻打他呢？」

「你猜宗室大臣們是站在哪一邊的？」

《戰國策》是一本以記言為主的國別史。顧名思義，這本書所記載的時代是「戰國」，內容是「策」，意即各國策士的言論。《戰國策》不論寫人、敘事，都非常精彩生動，連以寫作嚴謹著稱的《史記》，也參考了書中將近一百五十則的故事。我們接下來要聊的，就是《戰國策》中的**風雲人物孟嘗君**……的老爸靖郭君。

等等，放著孟嘗君這個我們耳熟能詳的大人物不提，提他那個沒什麼名氣的老爸做啥呢？哪個人的名氣大，我們就敲碗聽那個人的八卦就好啦！

是的，讀者大人真機靈！但是想看孟嘗君的八卦故事前，您就得了解孟嘗君這個人是吧？而要了解孟嘗君，您就要先耐著性子了解齊國宗室之間的腥風血雨。

這一切，還得從孟嘗君的爺爺開始說起……

不鳴則已，一鳴驚人——靖郭君的偏心老爸齊威王

孟嘗君（西元前？~前二七九年）是戰國時代齊國的宗室大臣，姓田名文，他的祖父是齊威王田因齊，父親則是齊宣王田辟彊的異母弟弟——靖郭君田嬰。

齊威王這名字看起來挺眼熟的是吧？他到底是誰呢？《史記・滑稽列傳》中有這麼一則記載：

齊國有個名叫淳于髡的人，個子不高，但是很愛講笑話、同時也很懂得辯論。齊國曾經多次派遣他出使各國，從來都沒有讓齊國國君失望過。

呃，這段形容，說實話幾乎是跟春秋時代的晏嬰沒什麼不同了……

當時的國君齊威王只喜歡整晚泡夜店撩妹，對朝政不聞不問；官員們也有樣學樣，不管百姓死活。諸侯們見獵心喜，紛紛攻打齊國。在內憂外患之下，因為齊威王的個性剛愎自用，居然也沒有人敢勸諫他。

亡國在即，淳于髡實在看不下去了！於是他進宮去勸諫齊威王。當然，像淳于髡這種智者，是不會拿自己性命開玩笑的。他拐著彎問齊威王：「大王，我們齊國有一隻大鳥，就住在宮裡。三年了，牠既不會飛也不會叫，只管吃喝拉撒睡，請問您知道這是什麼鳥嗎？」

好小子，難道我會看著蝴蝶問這是什麼鳥嗎？我起碼還是知道溫香軟玉只是一時的假象，民怨衝天才是不爭的事實！

齊威王聽了淳于髡的話之後，發下豪語：「這隻鳥不是不會飛，一飛就直接突破天際了！不是不會叫，一叫保證嚇得你罵罵號！」於是發憤圖強，不僅整頓了國內的吏治，還逼各國奉還侵略的土地，在位三十六年後才去世。⑪

沒錯，成語「一鳴驚人」的主角，指的就是孟嘗君的爺爺。（話說《韓非子．喻老》中也有類似的記載，不過人物從戰國時代的齊威王，變成了春秋時代的楚莊王。）⑫

---

⑪《史記．卷一百二十六．滑稽列傳第六十六》：「淳于髡者，齊之贅婿也。長不滿七尺，滑稽多辯，數使諸侯，未嘗屈辱。齊威王之時喜隱，好為淫樂長夜之飲，沈湎不治，委政卿大夫。百官荒亂，諸侯并侵，國且危亡，在於旦暮，左右莫敢諫。淳于髡說之以隱曰：『國中有大鳥，止王之庭，三年不蜚又不鳴，不知此鳥何也？』王曰：『此鳥不飛則已，一飛沖天；不鳴則已，一鳴驚人。』於是乃朝諸縣令長七十二人，賞一人，誅一人，奮兵而出。諸侯振驚，皆還齊侵地。威行三十六年。」

⑫《韓非子．喻老第二十一》：「楚莊王蒞政三年，無令發，無政為也。右司馬御座而與王隱曰：『有鳥止南方之阜，三年不翅，不飛不鳴，嘿然無聲，此為何名？』王曰：『三年不翅，將以長羽翼；不飛不鳴，將以觀民則。

從這則故事來看，就可以知道齊威王原本只是個敗家子而已，但是他及時接納了淳于髡的勸諫而勵精圖治，所以齊國才得以免於滅亡的下場。

然而，齊威王的缺點還不光是沉湎於酒色而已，他對自己的孩子也有所偏愛。這就種下了齊國宗室鬥爭的禍根，直接導致兒子們為了儲君的地位上演了兄弟相殘的局面。不僅如此，爺爺的一時偏心，居然還間接造成七十年後，他的孫子田文幾乎要讓齊國從地圖上永久消失了呢！

原來，齊威王寵溺庶子田嬰，晚年特地將田嬰封在薛地；而且齊國在外交上為了與楚國抗衡，連威王死後，也故意把他的宗廟立在薛，由國家出兵保衛。

你可能會很疑惑，宗廟立在薛地有什麼嗎？不過就是死後由誰拜拜而已啊！這樣也能引起亡國的危機？

不不不，周公制禮作樂，難道是為了好玩的嗎？是時候讓「宗法制」上場了！

雖無飛，飛必沖天；雖無鳴，鳴必驚人。子釋之，不穀知之矣。』處半年，乃自聽政。所廢者十，所起者九，誅大臣五，舉處士六，而邦大治。舉兵誅齊，敗之徐州，勝晉於河雍，合諸侯於宋，遂霸天下。」

天無二日，國無二君——靖郭君的塑膠老哥齊宣王

根據《禮記．郊特牲》：「諸侯不敢祖天子，大夫不敢祖諸侯。而公廟之設於私家，非禮也。」周朝宗法制度規定，只有正宮夫人所生的長子——也就是「宗子」——才有祭祖權，其他的庶子就只能輔佐這位「宗子」。除非宗子發生什麼特殊的事故，才能由庶子代為祭祀。

因此，如果你是被派到地方擔任諸侯國國君的庶子，就不允許在封國內祭祀自己的天王老子；而假如你是擔任大夫的國君庶子們，也不准在自己封地內的家廟裡祭拜國君老爸。庶子們如果想要盡點孝道祭拜老子或爺爺？可以，那你得到國家的宗廟去祭拜，否則就是僭越，身為宗子可以合理懷疑你是不是想要造反、或是想要篡位！

此外，由於祭祀時宗族必須到場，所以祭祖的時候，同時也是向祖先報告大事，以及與宗族討論國事的時候。《論語》「三家者以〈雍〉徹」一則中，孔子就對魯國的大夫在祭祖後撤收祭品時，唱誦〈雍〉（天子祭祖時所用的詩歌）而表達出強烈的不滿：你們就是地方諸侯的大夫而已，現在連天子才能唱的詩歌你們也敢唱，這樣做是要

昭告天下說你們想干預周天子的朝政嗎？⑬

因此，齊威王的宗廟立在薛，即使理由再怎麼光明正大，還是破壞了宗法制度。這對田嬰的哥哥——繼任者田辟疆——是一種莫大的侮辱。此後國家大事怎麼辦？齊國的宗族們是要到齊國的宗廟去祭祖，還是去薛地的家廟討論國事？

不用說，齊國的王室貴族出現了選邊站的尷尬情勢。前任國君才剛剛去世，現任國君就立馬成了跛腳鴨。國君的家務事搞不定，其他國家可是虎視眈眈，巴不得趁齊國政權不穩定時鯨吞蠶食、消滅齊國呢！

不只宗室大臣傷腦筋，百姓們也不知所措。《禮記．喪服四制》中寫道：「**天無二日，土無二王，國無二君，家無二尊。**」對百姓而言，齊威王的牌位不是放在齊國國君的宗廟，而是靖郭君田嬰的薛地、也就是大夫的家廟裡，這不就代表一個國家有兩個可以議論國事的地方、有兩個可以主持祭祖儀式的人嗎？這是不是因為齊宣王出了什麼特殊的事故，所以才沒辦法主持祭典跟國政？如果不是，那到底靖郭君跟齊宣王，

---

⑬《論語．八佾第三》：「三家者以〈雍〉徹。子曰：『「相維辟公，天子穆穆」，奚取於三家之堂？』」

這兩人誰才是齊國的正主呢？

齊威王的宗廟立在薛，這就使得薛成了情況特殊的「國中之國」。為了宣示主權，齊宣王田辟疆的拳頭一定得硬起來！否則齊國上上下下都會把齊宣王當成塑膠一樣看不起他的！

問題是，臣妾齊宣王辦不到啊！

顧先王之宗廟，姑反國統萬人——靖郭君強到逆天的精神攻擊

齊宣王為何無法除掉靖郭君呢？在《戰國策．齊策一》中記載了一則故事：

靖郭君田嬰對門下食客齊貌辨非常好。這個人平常很惹人厭，連田嬰的兒子田文都想要趕走齊貌辨，但是田嬰卻向大家宣告：「只要是對齊貌辨有益的事，就算是我們家族會被滅亡我也在所不辭！」

什麼！就算天下與我為敵也要護齊貌辨的周全？這種「霸道總裁」的宣言不就明擺

著兩人是一對CP生死之交嗎？

不久，霸總田嬰的國君老爸田因齊過世，齊國政權要開始洗牌了。霸總以兄弟不合為由躲回薛地，知己齊貌辨則是自告奮勇去齊宣王面前捋虎鬚。

齊宣王看到齊貌辨，就聯想到讓他不開心的田嬰。他怒懟齊貌辨：「你是我弟最寵愛的小弟，他對你是不是言聽計從啊？」

言下之意，就是如果田嬰惹他不開心，一定是你這個佞臣搞的鬼。現在你自動送上門來，我正好拿你先開刀！

沒想到齊貌辨卻說：「寵是寵啦，但也沒到寵上天的地步，臣說的話靖郭君還未必願意聽哩！大王尚未即位前，臣老早就跟靖郭君抱怨，當今太子長得跟豬一樣抱歉，個性也絕對好不到哪兒去。您還不如發動政變把他拉下臺，讓太子換人當看看呢！」

哪泥！張口就是「人身攻擊」？齊～貌～辨！你惹人厭我早就聽說過了，不過沒想到你居然這麼惹人厭！

「可是靖郭君竟然哭著對臣說：『絕對不可以！我不忍心啊！』真是的，要是靖郭君把臣的話聽進去了，現在就不用躲在薛地了！」

齊貌辨講完這句話，人頭還在脖子上，呼～～這是好現象。於是他接著說：

「臣聽說楚國的相國要用好幾倍的土地，跟靖郭君交換薛地。送上口的肥肉有什麼理由不吃呢？所以臣勸靖郭君接受這麼好的條件。靖郭君又說：『薛地是先王封給我的，現在就算兄弟不合，如果把薛地換出去，將來死後我要怎麼面對先王呢？況且先王的宗廟就在薛地，難道我要把先王的宗廟給楚國嗎！』大王您評評理，靖郭君又不肯聽臣的話，這是他第二次這樣了！」

齊宣王聽完齊貌辨的話後臉色都變了，一方面大概是真心覺得齊貌辨討厭，另一方面是齊貌辨提醒了他：

首先，憑田辟疆豬一樣的外貌和性格（？）以及他爹不疼娘不愛的地位，這個齊國太子的身分其實像極了愛情，很有可能轉瞬之間就沒了。如果不是因為先王疼愛靖郭君，而靖郭君又願意力保太子，今天當上國君的就會是別人啊！

所以……靖郭君是我的大恩人？我還得反過來向他報恩？這樣我拿什麼臉剷除他？

其次，既然先王的宗廟在薛，根據周代「**事死如事生**」的禮制，齊宣王就一定得保護宗廟所在地。否則，**宗廟出了事，這可是等同於亡國的恥辱啊！**

啊？我才剛登基為王，國家就玩完了？這可不行！齊國的基業不能毀在我手上啊！

好吧，形勢比人強，齊宣王就算再不情願，也只好請靖郭君回首都臨淄，商量一下這個「權力遊戲」該怎麼玩。

結果怎麼著？靖郭君竟然使出了可以暴擊齊宣王的大絕招：**先王召喚術！**

他穿戴著先王賜的衣冠、佩帶先王賜的寶劍，從薛地大搖大擺地回臨淄了！

這是什麼意思呢？哦？難道你沒聽過~~穢土轉生~~「**尚方寶劍，如朕親臨**」嗎？靖郭君這種穿戴，明顯在昭告齊國上下：「**先王還沒死呢！只要有我靖郭君在，我就是先王的代言人！**」這時候，別說是齊宣王了，其他大臣們看了哪敢放肆，還不快快放軟膝蓋，拜請靖郭君收下嗎？

唉，當老哥的齊宣王本來想整治一下小弟的，沒想到小弟竟然威風凜凜地當起老子了！田嬰放這個大絕，雖然傷害性不大，但是侮辱性絕對高到破表！傲嬌的齊宣王立刻崩潰，親自到郊外迎接弟弟，望著~~跟老子沒兩樣~~的弟弟哭得一塌糊塗，請求他行行好，回來首都當相國主持國政……老天真不公平啊，誰教我沒有六道之力呢！

最終，齊宣王一生都只能是個有名無實的國君，真正的權力還是掌握在靖郭君田嬰的手中。

宗室大臣對齊國王室的第一回合，田嬰完勝！這就是戰國時代「**君不君，臣不臣；父不父，子不子；兄不兄，弟不弟**」的真實寫照啊！

歷史總是驚人的相似。接下來的故事，就是你熟悉的「馮諼客孟嘗君」了。靖郭君死後，孟嘗君接任相國之位。等到齊宣王薨逝後，繼位的齊湣王一樣想除掉孟嘗君。孟嘗君也一樣使出「先王召喚術」，將齊威王的宗廟立在薛地，然後……

然後，孟嘗君就絕後了！

咦？不是啊？發生了什麼！一樣的「權力遊戲」，靖郭君的兒子可以繼續當相國，孟嘗君的子孫卻被團滅了？

好好的「先王召喚術」，到底是怎麼失靈的呢？

天師贊曰

「義」這個字該怎麼買，孟嘗君的老爸已經親身示範給你看了！

爆卦新聞板

戰國時期到底有多亂？讓知名文人報乎你知

西漢劉向〈戰國策書錄序〉形容戰國時期是「捐禮讓而貴戰爭，棄仁義而用詐譎」，南朝宋劉勰《文心雕龍．論說》提到戰國策士是「一人之辨，重於九鼎之寶；三寸之舌，強於百萬之師」。前者說明了戰國時代戰爭頻仍、不講武德的混亂局勢；後者則表達出策士們翻手為雲、覆手為雨，對國際局勢的影響極為深遠。

深入報導——田嬰父子與他們的薛地

據《戰國策．齊策一．靖郭君將城薛》，田嬰原本想在薛地築城，後因食客勸諫作罷。近人考證認為田嬰可能是齊威王三十五年四月封在薛地，十月薛城即已完工。薛城的完工，象徵著田嬰的勢力已經僭越大夫、達到國君的等級。

那麼田嬰為何選擇在薛地築城呢？這是因為薛地對齊、楚這兩個大國有重要的意義：

薛在春秋時期原本是個獨立的諸侯國，到了戰國時期淪為齊的附庸；與此同時，楚國也對薛地虎視眈眈。後來齊威王將薛封給了田嬰，此舉等於昭告天下齊國對薛擁有宗主權。楚國忌憚齊是東方大國，所以不敢輕易奪取薛；齊國則擔心楚國發兵占領薛，所以將齊威王的宗廟立於薛，出動國家的力量去保護。而田嬰便利用了齊、楚之間的矛盾，取得專屬於自己的領地。

田嬰去世後，其庶子田文不僅繼承了薛地，也繼承了靖郭君的相位。由於齊宣王、齊湣王在位時，田嬰父子二人先後相齊，專擅齊國朝政長達數十年，因此宣王、湣王父子與田嬰父子既是血濃於水的宗室親戚，也是勢如水火、欲除之而後快的君臣關係。而薛地所擁有的戰略意義，便是田嬰父子能與齊王抗衡最重要的原因。

廣告打得好，田文沒煩惱

——馮諼客孟嘗君

「戰國時代明明資訊就不發達，『養士四公子』們到底是怎麼招攬天下賢士的啊？」

「你以為『廣告』是現代的新興行業嗎？」

如果你看了〈《權力遊戲》封測版強勢來襲〉，你就能明白〈強到逆天的精神攻擊〉真的是攻略《權力遊戲》的不二法門，它可以讓國君坐在寶座上幻想著統治全國的春秋大夢，而真實的世界完全不需要他操勞，全都讓別人去煩惱就好！

這樣的美夢，你喜歡嗎？

但凡還有點智商的人，都知道這個美夢只是讓人成為傀儡的惡夢而已！這種強到無法無天的大絕招難道沒有破解的方法嗎？那就要看宗室大臣大戰齊國王室的第二回合，也就是《戰國策．齊策四》的〈馮諼客孟嘗君〉中，齊國國君跟孟嘗君之間角力鬥爭的結果了！

首先，我們來一口氣簡介完〈馮諼客孟嘗君〉的故事：

貧士馮諼進入孟嘗君門下成為食客、白吃白喝了兩年之後，突然搖身一變成為腦袋清楚、思路犀利的策士，為孟嘗君這隻狡兔謀劃三窟，因而讓孟嘗君得以「為相數十年，無纖介之禍」。

如何？養了兩年的食客，換來數十年的太平日子，划不划算？這跟逆天的「先王召喚術」的性價比差不多高了吧？

然而，根據《史記．孟嘗君列傳》的記載，孟嘗君死後「諸子爭立，而齊、魏共滅薛。孟嘗絕嗣無後也」。奇怪，明明活著的時候是高枕無憂，每天爽爽過日子就好的孟嘗君，為何死後竟會如此悽慘，落到絕子絕孫的下場？「先王召喚術」怎麼了？精神攻擊失效了嗎？

難道當初為他策畫三窟的馮諼猜中了開頭，卻猜不中這結局嗎？

狡兔有三窟——馮諼是橫空出世的天才？

讓我們先對〈馮諼客孟嘗君〉有個概念：這篇文章對馮諼採取了「先抑後揚」的寫作手法，使故事不斷出現意外的轉折，也讓讀者對馮諼的評價開低走高、徹底翻轉：我們對馮諼的印象，從一開始見孟嘗君「客無好」、「客無能」的魯蛇，到「食無魚」、「出無車」的奧客，轉變成為孟嘗君市義的策士；文章的最後，馮諼更是搖身一變成出使外國、辯才無礙的縱橫家！

從「貧乏不能自存」，到「孟嘗君為相數十年，無纖介之禍者，馮諼之計也」，馮諼總是能出奇制勝，給讀者不斷帶來新鮮與驚奇。但是你有沒有想過：**奇怪，**

馮諼到底何許人也？

在二千三百多年前那個教育不普及、資訊不流通、交通又不發達的年代，一個生活困頓、無以為繼、連老母也養不起的人，到底是哪來的機會讓他知道孟嘗君的大名？又是哪來的勇氣讓他敢上門騙吃騙喝？更不可思議的是，他還能看透齊國王室鬥爭、掌握制敵先機、貢獻三窟計謀，讓孟嘗君得以高枕無憂？

齊人有馮諼者——馮諼其實不是齊國人

身為一名隨時都有可能在路邊餓死的窮人，馮諼卻擁有操弄國際輿論的口才、左右齊國政權的本事，以及碾壓三千食客的智商。明明是一介貧民，這強人到破表的人設合理嗎？難道戰國時代隨便一個路人就可以「不學而能」？還是馮諼真有「不出戶，知天下」的超能力？

當然不是！〈馮諼客孟嘗君〉的第一句話，就是「齊人有馮諼者」。這句話很簡單，翻譯成白話就是「齊國有一個名叫馮諼的人」，沒毛病，誰都看得懂。但是你看出這句話的玄機了嗎？

我可不是什麼在齊國路邊就能隨便碰到、任你打罵侮辱的死老百姓啊！你睜大眼睛瞧清楚了，我姓馮，名諼！是紮紮實實、道道地地、不折不扣、如假包換的貴族啊！

奇怪了，「有名有姓」是天經地義的事。姓馮名諼，這樣就能證明你是貴族？我怎麼知道你是不是誆我？

各位，「有名有姓」，這在現代是理所當然的情況，但周代可就不同了！在階級制度下，人被分成兩大類，也就是貴族與平民。這兩者要怎麼區分呢？那就是在服飾、飲食、建築、交通工具等一眼就能看出差異的領域，制訂了清楚嚴格的規範。而且，跟印度的種姓制度類似，只要從姓名就可以知道你的身分是高等的貴族還是低等的平民。

舉例來說，孟嘗君在夜店把妹時，可能會這麼介紹自己：「您好，在下是媯姓田氏文，稱號『孟嘗君』」。翻譯成白話就是：「哈囉，我的遠祖跟帝舜是同一個部落（媯姓），祖先是陳國公（田氏），父親給我起名叫文，排行居次（孟），封地在嘗邑，是齊國國君的宗室親戚（君）！」

哇啊！這麼長一大串是想嚇唬誰啊？「孟嘗君」三個字也就罷了，宗室貴族的頭銜，把起妹來那是無往不利。「名」也是一定要有的，貴族們的交友圈都很「複雜」，沒有「名」，你怎麼知道你是在跟誰交往？那麼「姓氏」呢？不能省略不提嗎？

那可不行！因為周代的貴族們必須重視「**優生學**」，也就是血緣關係。他們希望生下優秀的後代繼承祖先的基業，並確保統治地位不被來路不明的血緣取代，因此貴族們在結婚前，一定要確認是否為同姓。「**男女同姓，其生不蕃**」（《左傳．僖公二十三年》），同姓通婚就是近親相姦，可能會生出有基因缺陷的後代，影響宗族的繁衍興盛，甚至可能會影響國家存亡絕續的命運。

而由於「同姓不婚」，為了保持血統純正，又要保證血統優秀，各諸侯國便不斷跟異姓諸侯通婚，這就是成語「秦（嬴姓）晉（姬姓）之好」的時代背景。

至於廣大的平民呢？一邊兒涼快去吧！頂多就是在「人名」的前面，加上個職業名，而且這個「人名」還很隨便！例如「庖丁解牛」中的「**庖丁**」，「庖」指的是「廚師」這個職業，「丁」才是他的名。翻譯成白話，他的名字就是「**廚師第四號**」。

是的，你沒看錯！平民的命名就是這麼敷衍、草率！不然你以為電影《唐伯虎點秋香》中，唐伯虎到華府去當低等下人時，那個編號「**9527**」只是單純為了諧音雙關開車車的嗎？正所謂「貴人多忘事」，平民實在太多了，他們的地位像螻蟻一樣不值一提，貴族們哪有那麼多力氣去記那麼多平民的名字啊？去領號碼牌就好！

回頭來看，姓「馮」名「諼」，就代表了這人的身分地位不可能是平民。先別說「諼」這個字既不好寫、也不好念、絕對不可能是平民想得出來的名字，光是「馮」這個姓就很威風啊！「馮」來自於姬姓，祖先畢萬是晉國大夫，在晉獻公時投奔到晉，因屢建戰功而受封在魏地馮邑，是後來戰國七雄魏國的始祖。晉獻公去世後因繼承問題發生動亂，畢萬之孫魏犨跟隨公子重耳在外流亡十九年，返國後論功行賞，被封為大夫，稱魏武子，為戰國七雄魏國的先祖，故馮、魏兩姓同宗。而再往上追溯，畢萬的祖先，就是周代開國功臣畢公高。能以魏國的封地為氏，想當然耳，馮諼肯定不會是齊國出身的一介平民啊！

由於出身貴族，擁有受教權，所以馮諼並不是文盲。這下讀過萬卷書（？）的現代人終於可以放心了，馮諼不是不學而能的天才喔！

既然出身貴族，馮諼怎麼會窮到「貧乏不能自存」的地步呢？這點史書上沒有記載。但是東周時代戰爭頻仍，許多王公貴族因為國家滅亡、宗室大臣因為政爭失敗而流落各地——例如春秋五霸的晉文公就因為國家動亂而在外流浪十九年之久——所以馮諼之所以落魄至此，大概也跟宗室鬥爭之類的理由脫不了干係。從馮諼有名、有姓、有劍，可知其身分至少是最低階的貴族「士」起跳。那麼，馮諼為何選擇到齊國去投靠孟嘗君呢？

不是靠機會、也不是靠勇氣，還不是因為被誇大不實的廣告給唬弄了嘛！

食無魚、出無車——馮諼才是受害者

既然從姓名一聽就能判斷來者的身分是貴族，那麼馮諼應該可以受到孟嘗君的尊重與款待吧？事實卻不然。我們先看看孟嘗君平時對其他上門的賓客是什麼樣的態度吧！《史記》中是這樣記載的：

孟嘗君在薛地招攬天下人才，上至諸侯、賓客，下至流亡有罪的人，都因此去歸附孟嘗君。孟嘗君寧可捨棄薛地的家業，也要厚待這些歸附他的人。就這樣孟嘗君門下擁有三千名食客，每個人不分身分高低貴賤，都能得到與孟嘗君相等地位的款待。

孟嘗君平時是怎麼接待賓客的呢？當賓客正在跟孟嘗君聊天的時候，屏風後面就會有文書負責記錄兩方的對話。孟嘗君會有技巧地詢問賓客有哪些親戚，等到賓客離開時，孟嘗君的使者就已經備好禮物去拜訪那些親戚了！

有一次，孟嘗君舉辦晚宴，有人不小心遮蔽了燭光，導致有個賓客以為孟嘗君招待不周，給了他低人一等的料理，於是發怒不吃、氣噗噗地離席了！孟嘗君連忙起身賠不是，並且給這位賓客看清楚：貴為相國的孟嘗君，所吃的食物跟這位賓客其實是一樣的。賓客見了，才知道是自己誤會孟嘗君，一時羞愧，居然就當場自己了結性命以表歉意。自此之後，很多人就因為孟嘗君待人如己的關係而投靠他。

孟嘗君就是這樣，對待賓客沒有差別待遇，所以每一個賓客都覺得孟嘗君對自己最親近、最友好。⑭

看了這篇故事，你是不是也心動了呢？

⑭《史記．卷七十五．孟嘗君列傳第十五》：「孟嘗君在薛，招致諸侯賓客及亡人有罪者，皆歸孟嘗君。孟嘗君舍業厚遇之，以故傾天下之士。食客數千人，無貴賤一與文等。孟嘗君待客坐語，而屏風後常有侍史，主記君所與客語，問親戚居處。客去，孟嘗君已使使存問，獻遺其親戚。孟嘗君曾待客夜食，有一人蔽火光。客怒，以飯不等，輟食辭去。孟嘗君起，自持其飯比之。客慚，自剄。士以此多歸孟嘗君。孟嘗君客無所擇，皆善遇之。人人各自以為孟嘗君親己。」

視周代禮樂制度如無物、打破堅不可摧的階級藩籬！
不分貴賤高低、沒有差別待遇！
香車、美人，你都想要嗎？
小孩子才做選擇！
請上網搜尋關鍵字：齊國，孟嘗君，所有願望，一次滿足！

哇啊！這廣告也太吸引人了吧！我現在就想手刀飛奔到孟嘗君身邊了！殊不知，這只是高明的詐騙公關手法而已。你想想，在沒有媒體可以打廣告的時代，孟嘗君怎能不搞點置入行銷讓一起吃飯的賓客幫忙宣傳他的大好形象呢？換做是你，你能想得出比這更有效率的方法，去招攬這麼多人來投靠他嗎？

所以在《史記．孟嘗君列傳》中，你會發現看似矛盾的記載。就跟搭飛機的座位一樣，孟嘗君也把門下食客分成三等：

下等食客，住在經濟艙「傳舍」，供應蔬食。

中等食客，住在商務艙「幸舍」，比照最低階的貴族「士」的待遇，偶爾可以加菜吃到魚。

上等食客，住在頭等艙「代舍」，比照中等階級的貴族「大夫」的待遇，不僅可以加菜吃到肉類，出門還提供車馬代步。

對嘛！這才合理啊！光是用正常邏輯去思考，你也知道一個相國是不可能給三千食客跟他一樣的待遇的。「階級平等」這種不切實際的願景，在戰國時代有哪個傻子會相信這種傻話啊！

等等，這裡不就有一個嗎？馮諼就是那個被詐騙的傻子啊！

要飯要得好，全家吃到飽

——馮諼嗑孟嘗君

「馮諼的要求那麼多，孟嘗君的左右把他趕走就好啦，何必把他的敲詐勒索都轉達給孟嘗君呢？這其中是不是有什麼貓膩？」

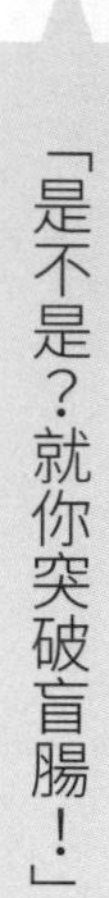

話說馮諼帶著一片赤誠，抱著能與相國平起平坐的痴心妄想來見孟嘗君了。畢竟是貴族嘛，投靠孟嘗君之後，最基本的待遇也是從商務艙起跳吧？

於是當孟嘗君問「客何好」時，馮諼一本正經、謙遜地回答「客無好也」。這下屏風後的文書、使者們頓時沒事幹了——既然沒有喜好，拿什麼去收買你、取悅你？

孟嘗君又問「客何能」，馮諼也老實地回答：「客無能也」。好的，沒法兒尬聊下去了——連「無能」這種男人不會輕易說出來的藉口都用上了，馮諼擺明是中了廣告的招，真相信投靠到孟嘗君的門下是可以白吃白喝的吧！

面對這種情況，孟嘗君也僅僅是「笑而受之」。他看著馮諼這位輕易上當謙虛又誠實的「小白」，估計也只能尷尬而不失禮貌地呵呵了。

然而，主子雖然接納了馮諼，下屬們的眼睛還是雪亮的。孟嘗君的左右瞧主子一反常態，沒有詢問馮諼家裡有什麼親戚、沒有派出使者慰問，當然懂得看臉色辦事。因此他們把馮諼安排到經濟艙「傳舍」，讓他當下等食客。

馮諼頓時看清社會現實：說好的禮賢下士呢？我只不過為人謙虛低調了些，你們就狗眼看人低了？好吧，那我也要拿出本事了！

左右皆惡之——「暫時性衝高流量」的行銷手法

在傳舍住沒幾天（根據《史記》的說法是十天），馮諼開始出招了：「長劍啊長劍，我們回家吧！在孟嘗君的門下竟然連一口魚也吃不到！」

左右聽了心想：「這傢伙在幹什麼東西啊！搞清楚，我們也想讓你走，但是你一走，我們主子的廣告招牌就活生生被你砸了啊！」於是左右將馮諼的抱怨傳達給孟嘗君。孟嘗君聽了，豪氣地回答：「沒問題，讓他升等！」

知道公關危機要怎麼化解嗎？就是拿錢砸啊！

搬到「幸舍」後，馮諼確認了在孟嘗君門下的生存之道——**只有丟掉尊嚴，才能獲取尊嚴**。這下一回生、二回熟了：「長劍啊長劍，我們回家吧！來到孟嘗君的門下，出門竟然沒有名車代步？」

真是的！要什麼名車啊！你一介上了年紀、穿著草鞋的窮鬼，給你名車你用得著嗎？齊國的妹子們連看也不會多看你一眼的啦！

但左右就算嘲笑馮諼，還是沒辦法，誰叫人家是貴族，我們這些平民得罪不起。於是他們再度向主子傳達馮諼的要求。孟嘗君聽了左右的報告，一樣回答：「沒問題！升等！」

用錢解決不了公關危機？拿更多的錢砸啊！

果然，有錢能使鬼推磨！馮諼的食、住、行全都升等了，可想而知，他的服裝、用度，也絕對不會受到虧待。幾天前他還只是一個穿草鞋、被人瞧不起的窮鬼，現在的他享受的可是「大夫」之雄風！於是他迫不及待去跟朋友們炫耀：「你們看，半個月前我還是窮到只能吃土的老頭子，現在出門居然有人幫我駕車呢！這可是大夫才有的待遇啊！孟嘗君就是這樣對待一個窮困的落難貴族的！」

是不是？對孟嘗君而言，這經濟效益有多高啊！只要多出一點錢，就有人到處去幫我打廣告、招徠更多的人才，值～得！對馮諼來說呢？其實他只是想要得到應有的尊重而已。

對流亡、有罪的人，孟嘗君尚且能以禮相待，那麼對待馮諼這種貴客，就更不該怠慢啦：「長劍啊長劍，我們離開吧！我媽媽喊我回家吃飯了！」

大家都知道無三不成禮吧？雖然馮諼現在過上了人人稱羡的好日子，但食客畢竟是沒薪水的無給職，家裡還有個孤苦可憐的老媽媽等著奉養呢！

這回左右真的怒了！你馮諼窮到養不起老母，居然肖想孟嘗君幫你養嗎？但是孟嘗君秉持著「砸錢解決問題」的原則，對馮諼的要求照單全收。話說回來，根據《史記‧孟嘗君列傳》，這時的馮諼也已經是個老人家了，就算要孟嘗君出錢養馮諼的老母，估計也花不了多少錢？

不過這讓馮諼再度看清了現實。原來孟嘗君並非傳聞中那麼的禮賢下士，他只會用錢打發所有的問題。他要安頓家中成群的妻妾、奴僕，豢養嗷嗷待哺的三千食客，沒事還要跟自己的堂兄弟齊湣王鬥智鬥狠才能保住性命，他的腦子根本沒有多餘的空間去記其他的事了！

在這種情形下，如果馮諼不靠點手法宣傳自己，他哪有空記得你是「9527」還是「廚師第四號」呢？

竊以為君市義——「長期性攻占熱搜」的負面行銷

但孟嘗君還真沒把馮諼的要求放在心上！為什麼呢？因為馮諼是個沒錢就只能喝西北風的貧士，但是孟嘗君不同啊！他的身分是齊宣王的姪子、齊湣王的堂兄弟、齊國的相國、薛地的主人。國君對他有所忌憚，大夫對他逢迎拍馬，而薛地的百姓不僅是他稅賦的來源，還是他放高利貸的對象。

孟嘗君什麼也沒有，他就是窮得只剩下錢了！

好吧，「**同情我就給我錢**」這招只能在短時間衝高流量，用在孟嘗君身上根本行不通，只能再出新招了！而且新招必須「一招斃命」，讓孟嘗君永遠記住我馮諼才行！因為我馮諼可是有「**隱藏任務**」在身的有志之士啊！

對於孟嘗君的未來，其實我早就為他擘畫了完美無缺的藍圖，恨不得在有生之年可以看到這個美好的願景快快實現！畢竟我年事已高，如果不能成為孟嘗君身邊最信任的食客，再過幾年我可能就會被迫從「權力遊戲」中登出了！

在代舍白吃白喝了一年後，讓孟嘗君記住馮諼的機會終於來臨：相府裡貼出公告，誠徵暴力討債打手財務重整高手。馮諼便自告奮勇，爭取到寶貴的機會接近孟嘗君。於是左右向孟嘗君報告這件事：

「誰？」

「9527。」

「這誰？」

「大人您真是貴人多忘事，就是那個厚著臉皮高唱『長劍回家吧』的馮諼啊！」

「喔～～～9527啊！就是那個說自己無能的先生啊！唉呀！老人家就是謙虛，明明有才能，怎麼不早說呢？我這一年來都還沒接見過他呢！左右，楞在那兒幹什麼！還不快點幫我請先生過來！」

孟嘗君深諳待人處事的進退之道，他見到馮諼，一邊向他道歉，一邊還不忘了要「凡爾賽」一番以推卸責任：

「老先生，真是不好意思啊！我田文每天都有忙不完的事、操不完的心。您知道的，齊國這麼大，國君那麼廢……我是說國君身邊的人都那麼廢，所以我明明個性懦弱愚笨，卻還得處理一堆國家大事。每天都被這些瑣事綁得緊緊的，怎樣也不得脫身，以至於沒時間跟您喝茶聊天。您不嫌棄，還願意幫我去薛地收債嗎？」

「願意。」

老先生莫不是搞錯了？回答得這麼快是想嚇唬誰呢？現在是要幫我動用暴力智慧去收債，你以為是去觀光啊？這任務如果這麼容易，怎麼會公告貼這麼久都沒人自願接受？

「債收完之後，要順便買些什麼回來嗎？」

唉唷？不錯唷！果然是內行，知道不是去觀光的，還懂得要順道給我買伴手禮回來呢！

「那先生您就看著辦唄！我這個人從小就不懂物價，缺乏金錢之類的概念。不如這樣，我缺什麼您就買什麼吧！」

很快地，馮諼回來了！

「先生您怎麼『咻』」的一聲就回來了？」

奇怪，這個時代任意門還沒發明出來啊！

「收完債了。」

「那您買了什麼回來給我呢？」

你明明兩手空空啊，說好的伴手禮呢？難道是我不夠聰明所以看不見？

「君上說『我家缺什麼就買什麼』，臣見君上宮中的金銀珠寶、家裡的佳人美眷都滿到溢出來了，想尬車有寶馬代步、要打獵也有名犬作陪……這種生活到底還缺什麼呢？臣靈光一閃，想到一件事：既然君上缺乏金錢之類的概念，那我就幫君上買個『概念』回來吧！」

這下孟嘗君懵了！我長這麼大，從沒聽過這麼奇怪的事！

「呃，那麼請問一下，您買了什麼『概念』呢？」

「臣用金錢幫你買了『義』。」

哈囉？「義」？那又是什麼東西？我長這麼大，從沒聽過這麼……喔，這句我剛剛講過了！

「呃，那麼，這東西……要在哪裡才能買得到呢？」

「啊！您運氣真好，薛地正好就有得買！」

馮諼逮到機會，一改機械式的回答，用充滿熱情的激昂口吻、滔滔不絕地講了一大段話：

「君上的封邑……？是啦，就是那小小的薛地。君上您該好好對待人民、照顧人民，別一天到晚只想著從他們身上撈錢嘛！臣到了薛地之後，就把欠債的人都集合起來，對他們伸出了我溫暖又友善的援手：臣假裝奉了您的旨意，告訴他們君上願意用『義』跟他們買這些債券，把那些堆得像山一樣的債券一把火全都燒掉。您猜怎麼著？那薛地的百姓還不個個都感激涕零、高呼萬歲了呢！臣當然快馬加鞭、連夜趕回臨淄，跟您報告收債的結果啦！臣覺得您既然缺少『義』這個概念，這就使命必達、不辭辛苦的幫您用金錢買到了呢！」

「〇！（下意識爆出表達感嘆用的單字）先生不要再說了，謝啦！」

在代舍住了一年後，馮諼終於把握機會，以「市義」為由，幫孟嘗君在薛地收買人心。而馮諼在孟嘗君腦海中也終於占據了熱搜排行，**從一個印象模糊、只會混吃等死的食客，變成一本正經胡說八道、不知羞恥吃裡扒外的散財童老子！**

看到了吧，負面宣傳才是性價比最高的名聲收割機啊！

就這樣，馮諼靠著「市義」一舉落實了初登場時「無好又無能」的印象，積極地進駐孟嘗君的心房、穩坐了他腦中的熱搜排行。

孟嘗君用「階級平等」的文案宣傳，和砸錢解決危機的公關手段，吸引了食客三千人到他的門下，壯大了自己的勢力。但人設畢竟是人設，說到底那只是用公關手法幫你製造出來的假象；等到那些人親自見到偶像時，這個完美的形象就會光速崩塌。人性大抵都是貪婪的，一味用錢解決問題，只會吸引擇肥而噬的豺狼虎豹。一旦孟嘗君在齊國政爭中失利，再也無法滿足那些血蛭食客的要求時，會有什麼後果呢？

果然，馮諼在代舍白吃白喝的第二年，也就是齊宣王薨逝、齊湣王繼位不久之後，孟嘗君真的在一夕之間失勢了！他從齊國的相國，變成不受歡迎的「先王之臣」。那些勢利眼的食客們也不出預料另擇良木，紛紛離開了孟嘗君的門下。

而這個後果，「無好又無能」的馮諼居然已經事先預想到，連解決方案都已經為孟嘗君準備好了：

太好了！現在就是我摩拳擦掌、大展身手的時候！那個隱藏任務、那個完美無缺的計畫，將來一定能實現！

爆卦新聞板

薛地人民何以欠下如此鉅款？

孟嘗君為何要對薛的人民收債，本文並未提及，但《史記》中則清楚寫出原因：「孟嘗君時相齊，封萬戶於薛。其食客三千人。邑入不足以奉客，使人出錢於薛。歲餘不入，貸錢者多不能與其息，客奉將不給。」可知孟嘗君對薛地人民放債是為了養活三千食客，但貸款的人不見得都繳納得出利息，沒有足夠的錢供給食客之需，因此才會派人到薛地討債。

三窟鑿得好，子孫團滅了

——馮諼剋孟嘗君

「『先王召喚術』這招田嬰已經用過了，馮諼還讓田文繼續用同一招，那以後大家都有樣學樣不就得了嗎？」

「你沒聽過『同樣的招式對聖鬥士是沒有用的』嗎？」

話說馮諼終於在孟嘗君心中留下令人厭惡不可磨滅的印象，但是孟嘗君還是按下了心中的怒火，沒有追究他造成的損失。畢竟人民是跑不了的，只要薛地還是他的封邑，就算這次討債財務重整失敗，還有來年啊！

至於馮諼，他已經是個只能混吃等死的落難貴族，又是個連老母也養不起的阿北，看在「敬老尊賢」的分上就放他一馬吧！

這時，孟嘗君一定沒有料到，正是他的一念之仁，換來了一生的高枕無憂！

無好又無能——「持續性混吃等死」的印象就此翻轉

又過了一年，齊湣王被秦、楚兩國派來的說客離間，罷黜了孟嘗君，要他回薛地去吃自己。果然，勢利眼的食客們揮揮衣袖、紛紛離去；反而是被孟嘗君放高利貸壓榨的薛地人民歡天喜地、夾道迎接孟嘗君。

這下孟嘗君終於看清了馮諼的價值：在其他食客光速逃離孟嘗君的身邊時，只有馮諼是真愛，對他不離不棄！

嘗過貧乏不能自存的苦難、歷經下人的嘲笑輕蔑，馮諼終於掌握時機，一舉翻轉了孟嘗君對他的負面印象，風光地站在孟嘗君的左右、獨享孟嘗君青睞的眼神（？），成為他可以信任的家臣了！

但馮諼並沒有就此滿足，他繼續為孟嘗君鋪設康莊大道：先是建議孟嘗君封自己為使節，去提高孟嘗君在國際間的身價，逼得齊湣王不得不迎接孟嘗君回國為相。緊接著，馮諼又建議孟嘗君去跟齊湣王要求，將先王的祭器迎回薛地，在薛地立宗廟。

於是孟嘗君淚目了：我上輩子一定是拯救了地球，這輩子才會遇到像您這樣的救星啊！

回到齊國重掌相權，將宗廟立在薛地使國君投鼠忌器——馮諼的三窟之計，讓田文跟他老爸田嬰的從政之路，不能說是完全相似，只能說是一模一樣啊！這個建議完美無缺、沒有破綻，孟嘗君當然不假思索立馬照辦。**宗室大臣對齊國王室的第二回合，田文毫無懸念的獲勝！**

君家所寡有者以義——原來你竟是這樣的孟嘗君

馮諼憑藉先知般的眼光，及早為孟嘗君鑿下了薛地一窟；又為孟嘗君的將來打算，將宗廟立於薛。怎麼看，孟嘗君都是最大的受益者吧？

那你就小看了君子的深謀遠慮了！

表面上看來，馮諼是悠游於權謀詭計的縱橫家，但你還記得馮諼初登場時的形象嗎？你以為他只是個誤入叢林的小白，殊不知他卻是位高瞻遠矚的智者。當他為孟嘗君去薛地市義時，孟嘗君不悅的言行已經清楚說明他是個沒有道義的人。這樣的智者難道會對孟嘗君這種權臣一點辦法也沒有嗎？

司馬遷在《史記》最後的論贊是這麼說的：

我曾經到訪薛地，那裡民風暴戾、剽悍，和鄒、魯等地相去甚遠。我詢問了一下原因，有人說：「當年孟嘗君招攬到天下以武犯禁的俠士、罪犯，帶著他們定居薛地，大概有六萬多戶人家吧！」盛傳孟嘗君以善於養士而沾沾自喜，看來果然是真的！⑮

由此可知，孟嘗君……等等，漢代時薛地的民風剽悍怎麼了嗎？這樣也能用來汙衊一百多年前孟嘗君？別急，《史記》中有一則故事，可以讓你看出孟嘗君門下的食客多可怕：

孟嘗君去趙國拜訪，平原君負責接待他。趙國百姓聽說孟嘗君是個賢能的人，紛紛出門圍觀，想一睹明星風采。怎料他們都笑道：「還以為孟嘗君身長一米八，沒想到說的是氣場不是身高！」孟嘗君聽了勃然大怒，身邊的門客見狀，紛紛跳下車當街上演古惑仔，送了幾百人去蘇州賣鴨蛋、毀了一個縣之後才揚長而去。⑯

---

⑮《史記・卷七十五・孟嘗君列傳第十五》：「太史公曰：吾嘗過薛，其俗閭里率多暴桀子弟，與鄒、魯殊。問其故，曰：『孟嘗君招致天下任俠姦人入薛中，蓋六萬餘家矣。』世之傳孟嘗君好客自喜，名不虛矣。」

⑯《史記・卷七十五・孟嘗君列傳第十五》：「孟嘗君過趙，趙平原君客之。趙人聞孟嘗君賢，出觀之，皆笑曰：『始以薛公為魁然也，今視之，乃眇小丈夫耳。』孟嘗君聞之，怒。客與俱者下，斫擊殺數百人，遂滅一縣以去。」

你看看，晏嬰、淳于髡、孟嘗君，原來齊國真的盛產矮子……對不起，重點劃錯了——孟嘗君的器量，其實非常狹小。他可以招待各國流亡的罪犯、跟他們平起平坐，但是平民笑我矮？兄弟們，現在給我立馬下車幹些有外交豁免權（？）的非法運動去！這下你知道馮諼為何一定要彈劍高歌、想辦法遠離傳舍了吧？「**物以類聚，人以群分**」，每天跟這群有殺人免責權的人住一起，哪天會不會我的項上人頭也不保了？

所以，由此可知，孟嘗君的門下有這麼多任俠奸人、雞鳴狗盜之徒，導致日後薛地民風剽悍，這都不是沒有道理的。因為他的正職是相國，副業就是斧頭幫老大啊！

不過，既然馮諼都為孟嘗君市義了，難道孟嘗君不會因此感動、痛改前非嗎？《戰國策．齊策四》中還有一則記載，明白告訴你孟嘗君到底有多腹黑：

孟嘗君被齊國放逐後又返回齊國，譚拾子特地到邊境去迎接他。他試探性地問孟嘗君：「您對齊國的士大夫們是不是有怨氣啊？」

孟嘗君回答：「有！」

「那您覺得除掉他們才能消你的心頭之恨嗎？」

孟嘗君回答：「對！」

譚拾子便勸道：「人終究難免一死，這是天地間無法改變的事實。同樣的，你富貴的時候，大家趨之若鶩；你貧賤的時候，眾人避之唯恐不及——這也是人性中無法改變的事實。就拿市場當比喻吧，早上的時候一定是人滿為患，傍晚的時候就空無一人了。這不是因為人們早上還喜歡市場，到了傍晚就改變了喜好而討厭市場，而是為了要滿足需求所以去逛逛市場，需求滿足了就會離開市場。所謂世態炎涼就是這麼一回事，你就別怨恨那些士大夫了！」

孟嘗君聽了覺得有道理，於是把寫滿了五百片竹簡的死亡筆記本毀掉了。⑰

---

⑰《戰國策．齊策四》：「孟嘗君逐於齊而復反。譚拾子迎之於境，謂孟嘗君曰：『君得無有所怨齊士大夫？』孟嘗君曰：『有。』『君滿意殺之乎？』孟嘗君曰：『然。』譚拾子曰：『事有必至，理有固然，君知之乎？』孟嘗君曰：『不知。』譚拾子曰：『事之必至者，死也；理之固然者，富貴則就之，貧賤則去之。此事之必至，理之固然者。請以市諭：市，朝則滿，夕則虛。非朝愛市而夕憎之也！求存故往，亡故去。願君勿怨。』孟嘗君乃取所怨五百牒削去之，不敢以為言。」

是的，死亡筆記本，總共「五百片竹簡」。一片竹簡上如果單單只寫一個齊國官員的名字，就是至少五百個官員的人頭不保。試問一個國家，有五百名官員一夕之間「被動消失」，這個國家還能在地圖上維持多久？各國還不立刻像嗜血的鬣狗，將齊國撕得四分五裂！

各位，讓我們捫心自問一下：

所謂「**道不同，不相為謀**」，如果你有馮諼一樣的智慧，你會願意助紂為虐嗎？

時空背景不同——「先王召喚術」竟然失靈了

你怎麼想的，史官無法知道，所以不會被記載下來。但是「天理循環，報應不爽」，孟嘗君絕後的前因與後果，《史記》可是白紙黑字、清楚明白的流傳到現在：

齊湣王滅宋之後，益發驕傲自大，於是想除掉國內的威脅——孟嘗君。孟嘗君怕得逃到魏國去，魏昭王便請孟嘗君擔任相國，聯合了秦、趙、燕一起攻打齊國。齊國被聯軍打敗，齊湣王在莒地被殺。齊襄王繼任，因為害怕孟嘗君的勢力，只能努力討好他。⑱

真不愧是孟嘗君啊！齊湣王放逐了孟嘗君，他是怎麼報復的呢？竟然真的是聯合驢狗四國大軍攻打自己的祖國（其實後來韓國也湊進來想分一杯羹，所以總共是五國大軍）。齊國被打到只剩下莒和即墨兩座小城，而孟嘗君自始至終不吭一聲，就這樣拱手作壁上觀。直到田單辛苦地用反間計和火牛陣擊退五國聯軍，齊國才勉強在風雨飄搖中艱辛地復國。

齊湣王大概作夢也沒想到，**得罪孟嘗君的下場，居然是整個國家跟著GG了！**

那麼，如此生猛可怕的孟嘗君又是怎麼絕後的呢？《史記》接著記載：

田文死後，諡號孟嘗君。他的兒子們為了爭奪爵位，誰也不讓誰；齊襄王

---

⑱《史記．卷七十五．孟嘗君列傳第十五》：「後齊湣王滅宋，益驕，欲去孟嘗君。孟嘗君恐，乃如魏。魏昭王以為相，西合於秦、趙，與燕共伐破齊。齊湣王亡在莒，遂死焉。齊襄王立，而孟嘗君中立於諸侯，無所屬。齊襄王新立，畏孟嘗君，與連和，復親薛公。」

趁機聯合魏國，滅了薛地。孟嘗君因此絕子絕孫，沒有後代祭祀。

奇怪，孟嘗君不是把先王祭器請到薛地了嗎？齊襄王不是應該要保護薛地，以免先王宗廟被毀嗎？為何反而聯合外人，一起滅掉自己的宗室大臣呢？

這是因為田嬰和田文的時空背景，並不是完全相同的。

狡兔有三窟，僅得免其死耳——你的保險受益人是誰？

原來周朝的封建制度在戰國時代雖然形同虛設，但是很多觀念已經根深柢固，沒辦法在一朝一夕間完全改變。以祭祀為例，《禮記．王制》中明文規定：**天子七廟、諸侯五廟、大夫三廟、士一廟**——這個觀念就難以撼動。

七廟、五廟，這是什麼意思呢？是這樣的：「廟」是指祭祀的牌位。我們以天子（周共王）、諸侯（戰國時代的齊襄王）及大夫（靖郭君田嬰）為例，分別做成表格⑲如下：

右 穆	太祖 后稷 ↓	左 昭
祧 祖考→ 天祖父武王		祧 ←祖考 烈祖父文王
皇考→ 曾祖父康王		←顯考 高祖父成王
考→ 父穆王		←王考 祖父昭王
	↑ 周共王	

右 穆	太祖 田和 ↓	左 昭
皇考→ 齊威王		←顯考 齊桓公
考→ 齊湣王		←王考 齊宣王
	↑ 齊襄王	

⑲以下表格是參考《禮記・王制》、杜佑《通典・禮七・天子宗廟》繪製，說明如下：一、箭頭所指方向為牌位座向。二、表格中的「左昭右穆」是從太祖的牌位座向判斷。三、「祧廟」指超過四代以上的遠祖之廟，受後代子孫四時祭祀。四、諸侯以下的貴族不用祭拜祧廟。

周代認為能夠當上天子，是因為至少有始祖后稷，開國的君主周文王、周武王，以及四代的祖先在保佑你，所以周天子應當慎終追遠、祭拜祂們。而齊國本來是姜太公的封國，但是後來被大夫田和篡位了，因此太祖的牌位就變成田和；按照禮制，齊襄王要祭祀田和以及四代祖先，感謝祂們的保佑讓他登上國君之位。順帶一提，這裡你會看到「齊桓公」，但他可不是春秋五霸的齊桓公姜小白喔！

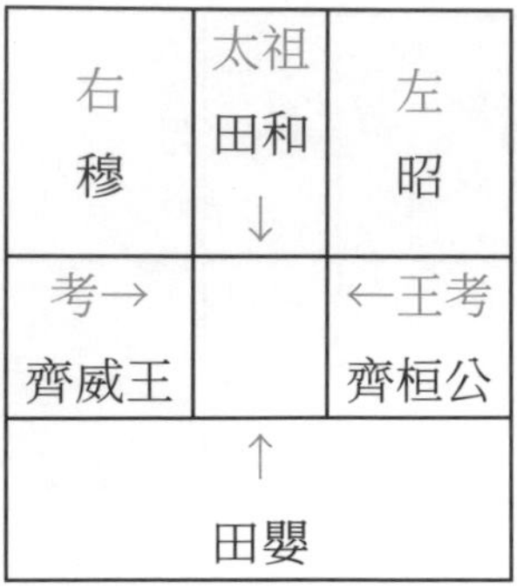

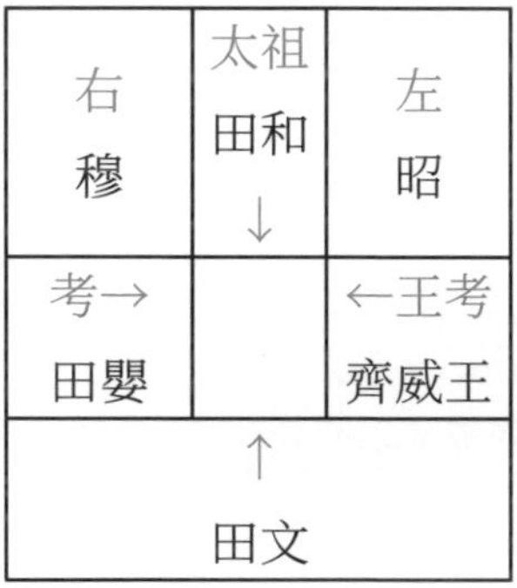

右 穆	太祖 田和 ↓	左 昭
考→ 齊威王		←王考 齊桓公
	↑ 田嬰	

右 穆	太祖 田和 ↓	左 昭
考→ 田嬰		←王考 齊威王
	↑ 田文	

以此類推，大夫就是再去掉皇考和顯考的牌位，士就是只有父親的牌位。所以齊威王死後，以田嬰「大夫」的身分，是可以祭拜他的父親齊威王的。而田嬰死後，以田文「大夫」的身分，他可以祭拜父親田嬰，以及祖父齊威王。

那麼等到田文死後呢？沒錯，齊威王的祭器，在田文死後就自動回歸到齊國的宗廟去了！

這時忍了孟嘗君很久的齊襄王會怎麼做呢？

打他啊笨蛋！

讀者看到現在是否懵了？這麼清楚明白的宗廟制度，身為貴族的田文和馮諼難道會不知道？不可能啊！而「立宗廟」這個主意不是田文提出的，是馮諼。所以……

馮諼是故意的？

各位，所謂的「隱藏任務」，就是要藏了這麼久、隱得這麼深啊！馮諼「願請先王之祭器，立宗廟於薛」真正的用意，居然要等到田文死後才浮顯出來：

孟嘗君固然有恩於我，我應當報答。但你為人心狠手辣，要助紂為虐，我的良心過意不去。該怎麼辦呢？

於是馮諼給了田文機會。他建議請先王之祭器，立宗廟於薛：

三次彈劍、三次回應，那就保你一命，這是我給你的回報，必須的。但你禍國殃民也是事實，而且我也確實給你機會，幫你「市義」了，可是你卻不屑一顧？那好吧，既然不能借我之手為民除害，那就由你的子孫去地獄替你贖罪吧！

什麼？我耍賴？不不，我可是童叟無欺啊！當初保險契約上明明寫了：「狡兔有三窟，僅得免其死耳。」白紙黑字寫得清清楚楚，保險受益人只有你孟嘗君，你的子孫可沒這種優待啊！

怪我？我一介老人家，跟在你身邊也沒幾年就從「權力遊戲」中被迫登出了，我可不能預知我身後的事啊！是你自己生前不好好選定繼承人的，這怎麼能怪我呢？

什麼？你問我當初是不是可以幫你預先鑿好第四窟、第五窟？當然可以啊！

我什麼人？我馮諼耶！

咦？為什麼不幫你先想好後路？害你絕子絕孫、斷了香火？呵呵，我怎麼可能沒幫你預先想到這個下場呢？當然是因為……

雖然正義有時會遲到，但它一定會到！

天師贊日

都說富不過三代，為什麼呢？因為就算老爸懂得買義的奧義，身為黑道老大的孟嘗君也學不來啊！

爆卦新聞板

大師開課！馮諼教你如何自抬身價！

馮諼先到魏國幫孟嘗君打響名號，魏惠王一聽到任用孟嘗君，可以使魏國富國強兵，便出動百乘迎接孟嘗君。馮諼教孟嘗君要「固辭不往」，看似是要向齊湣王宣告效忠之決心，實則是要造成齊國「君臣恐懼」的效果，擔心孟嘗君聯合他國反過來攻打祖國。

問題是，為什麼魏國出動百乘會造成齊國君臣恐懼呢？

這是因為如果魏國出動百乘尚且不足打動孟嘗君，則其他國家若想打動孟嘗君，勢必得祭出更高的規格和待遇。因此孟嘗君的固辭不往，不僅提高了孟嘗君在國際間的名望與身價，更牽引了天下局勢，使國際情勢變得風雲詭譎、動盪不安。所以最後齊國只能派出二駟把孟嘗君請回齊國，以解決國安危機。

那齊國憑什麼只要出動二駟，就能打動孟嘗君呢？難道區區「二駟」能超過威風凜凜的「百乘」嗎？

還真的是這樣沒錯！根據逸禮《王度記》的記載：「天子駕六，諸侯駕四，大夫三，士二，庶人一」。意思是天子乘坐的車駕是由六匹馬拉動的，諸侯國國君的車駕是四匹，以此類推。而齊國派出文車二駟，就相當於昭告天下：孟嘗君的地位和齊湣王是平起平坐的。換句話說，我齊國都出動空軍一號迎接孟嘗君了，其他國家的地面坦克怎麼比得上呢？

說個題外話，關於車駕的問題，也有人認為是「諸侯駕五，卿駕四」。不過按理來說，齊國太傅持齊湣王佩劍，其車駕應為國君規格。若太傅乘國君等級的「五馬」，那這兩輛卿大夫等級的車駕，扣除孟嘗君自己搭乘了一輛，另一輛要由誰來搭乘呢？試問這種情況下，還有誰可以跟孟嘗君的地位相等？所以可想而知，這兩輛由四匹馬所拉的「文車」，應該就已經是國君的規格，而不是卿大夫的等級。

言歸正傳，對孟嘗君而言，比起魏國的相位，他更想掌握齊國的實權。馮諼此番神操作，逼齊湣王必須展現出最大的善意，迎接孟嘗君回國。而文車二駟這麼高的規格，自然也就意味孟嘗君在齊國的地位再也無法被動搖了！

深謀遠慮的馮諼！一窺馮諼的職場奮鬥史

若根據《史記》的時間線，馮諼穿著草鞋就去拜見孟嘗君，中間並未透過他人引見。投入孟嘗君門下後，僅十日就恢復士的地位，僅十五日便得到大夫等級的待遇，僅二十日就已經無須擔心家用。從第十五天馮諼得到大夫等級的待遇後，他便已經開始在為孟嘗君招攬人才，回報孟嘗君的恩惠。在第二十天確定經濟無虞、不復彈劍而歌之後，便已經開始謀劃三窟之計。

一年後孟嘗君問傳舍長是否有人可以負責收債，而傳舍長推薦了馮諼。馮諼把握此次機會為孟嘗君市義，成就第一窟。兩年後孟嘗君失勢，以縱橫家之姿為孟嘗君抬高在國際間的地位與評價，成就第二窟；接著又再度立宗廟於薛，鞏固薛在齊國的地位，成就第三窟。

馮諼的三窟之計深謀遠慮，令人嘆服；然若深入探究，則其心機之深沉，令人細思極恐。

首先，三窟表面上讓孟嘗君高枕無憂，實際上卻引發了齊國君臣長期的惡鬥，不僅從而削弱了齊國的國勢，甚至最終一舉消滅了孟嘗君的勢力。

其次，以馮諼的能力，可能不僅止於成就三窟；只是孟嘗君在「市義」一事，顯現出他的器量狹小，因此導致馮諼決定不要助紂為虐，只為三次的要求而回報三窟。否則憑馮諼高瞻遠矚的才能，加上齊湣王的無能、三千食客的幫助與國際情勢的變化，孟嘗君即使要篡齊為君也不是不可能的事。

然而孟嘗君卻挾怨自立為諸侯，對五國攻齊不聞不問，其眼光之短淺、心胸之狹隘，令人咋舌，也難怪王安石會譏孟嘗君為「雞鳴狗盜之雄」。或許孟嘗君的玩弄權謀、不施仁義，才是馮諼只鑿三窟、導致孟嘗君最後絕子絕孫的真正原因！

宗廟位置大有學問！君臣之間的政治角力

田嬰死，按理來說齊湣王可能會將齊威王在薛的祭器迎回齊國的宗廟。但由於當初齊威王的宗廟立在薛地是為了牽制楚國，有外交、軍事方面的考量，此舉等於漠視先王的安排，導致祖先降災給他，因此齊湣王向孟嘗君謝罪時才會說「被於宗廟之祟」。而馮諼則趁機再度將齊威王的祭器迎回薛地，使薛仍受齊國保護。

有另一個說法是：齊威王的宗廟仍在薛，而齊宣王的宗廟在齊；這次所迎立的是齊宣王的祭器。元朝的吳師道在《戰國策校經》中就引用了北宋鮑彪校注本說：「前自靖郭君時既立廟矣，今又請立，則所謂宗廟者，非一王也。」若此次所迎立的是宣王的祭器，則齊國的政權中心就會移轉到薛，齊湣王就只是有名無實的國君。

無論如何，齊國君臣惡鬥之因都已經種下，並導致後來孟嘗君鼓動五國聯軍攻齊，齊國幾近亡國的後果。而這很可能才是馮諼之所以勸孟嘗君迎立祭器、在薛地建立宗廟真正的目的！

是「指鹿為馬」還是「指桑罵槐」？

——《詩經．秦風．蒹葭》（上）

「〈蒹葭〉是一首諷刺秦襄公的詩，『溯洄從之』就是要秦襄公以周禮治國的意思。」

「老師，當時的東周不是已經禮崩樂壞了嗎？既然周天子都維持不了周代的禮樂了，為什麼秦國國君還會想用周禮治國？」

《詩經》又稱為「詩三百」，是六經中的民謠總集，收錄了西周初年到春秋中期（西元前十一世紀～前六世紀）的流行民歌（十五國風），以及貴族們在各種典禮、宴會場合上所唱頌的文藝歌曲（二雅、三頌）。它的篇數雖然高達三百一十一篇，但有六篇是只有歌名而沒有歌詞的，所以實際上收錄了三百零五篇的歌詞。而由於收錄的內容以民間歌謠為大宗，因此《詩經》可說是古代社會的真實寫照，是後人研究先民生活樣貌的重要資料。

可能有人要問，**為什麼收集民間歌謠，就能知道人民生活的樣貌呢？**其實道理很簡單：

首先，古人不花錢就能享受的娛樂，不外乎是想到什麼就隨口哼哼哈兮、渾身發癢難受（？）就用跳舞表達。那個年代沒有影音媒體，所以聽了什麼曲、跳了什麼舞，過了幾千年之後我們都無從得知了，可是他們曾經唱過的歌詞，卻靠著文字超越了時間與地域的限制而保留了下來。所以他們曾經想到的「什麼」，就能靠歌詞去了解。

那麼接下來要問的就是，古人唱歌的內容都是些「什麼」呢？說真的，就像在非洲，每一分鐘就有六十秒過去了一樣，現代人喜歡唱什麼、聽什麼，古人大抵也是一樣的。例如實力派唱將、偶像派歌手都一定會唱的愛情三部曲：

曖昧時的胡思亂想——窈窕淑女，寤寐求之。求之不得，寤寐思服。悠哉悠哉，輾轉反側。（〈周南．關雎〉）

戀愛時的酸甜苦辣——挑兮達兮，在城闕兮。一日不見，如三月兮！（〈鄭風．子衿〉）

失戀時的憂傷怨恨——江有汜，之子歸，不我以。不我以，其後也悔！（〈召南．江有汜〉）

情歌受歡迎是一定的，畢竟上至王公貴族、下至販夫走卒，誰沒有經歷過「**少年維持的煩惱**」呢！哦？你問單身狗怎麼辦？沒問題，國家會專門舉辦類似跨年晚會的大型祭典讓你進行未經父母同意的聯誼活動——偷偷告訴你，孔子的父母就是這樣結識對方的……

不過，人類不是只有感情層面需要慰藉，在生活中也時常遇到挫折，亟需以正常的管道去疏導發洩。所以《詩經》中也不乏用搖滾與饒舌的精神，去宣洩對政治或社會種種不滿的歌曲。例如：

對貪官汙吏的痛恨——碩鼠碩鼠，無食我黍！三歲貫女，莫我肯顧！（〈魏風．碩鼠〉）

對超長工時的指控——東方未明，顛倒衣裳。顛之倒之，自公召之。（〈齊風．東方未明〉）

因戰爭而家破人亡的埋怨——死生契闊，與子成說；執子之手，與子偕老。（〈邶風．擊鼓〉）

其實這類題材對執政者而言非常重要，因為蒐集各地的不滿流行歌，除了可以作為音樂教育的教材之外，更重要的是可以作為中央朝廷和地方政府的施政參考，因此說《詩經》是最早的「民意調查」也不為過。

那麼，出自《詩經．秦風》、大家都能琅琅上口的〈蒹葭〉一詩，是屬於上述哪一類的詩歌呢？是經典不敗的情歌，還是為民喉舌的作品？

蒹葭蒼蒼，白露為霜——眾說紛紜的解釋

〈蒹葭〉一詩不長，全詩由二十四句四言，分成三個段落組合而成。有趣的是，明明看起來非常簡單，就只是由重複的句子、稍微改換幾個字而已，但是這首詩到底在講什麼，迄今都沒有一個確切而又能服眾的解釋。以下是我們最常見的三種說法。

第一種說法，**這是秦國人民諷刺秦襄公的「諷諭詩」**：

西漢時期毛亨學派的〈毛詩序〉中說道：「〈蒹葭〉這首詩在諷刺秦襄公沒有以周禮治國，國家將難以穩固。」[20]毛亨是從哪裡看出秦襄公「未能用周禮」的呢？因為這一派認為「大水」是比喻禮樂，得到「伊人」的方法必須順流而下，亦即以禮樂治國。如果逆流而上，就會遇到險阻困難。

---

[20]〈毛詩序〉：「〈蒹葭〉，刺襄公也。未能用周禮，將無以固其國焉。秦處周之舊土，其人被周之德教日久矣。今襄公新為諸侯，未習周之禮法，故國人未服焉。」

第二種說法，**這是一首「招賢詩」**：

清代姚際恆在《詩經通論》中提出了一個新的看法：「〈蒹葭〉一詩是在比喻招募隱居的賢者。」㉑姚際恆認為，「溯洄從之」、「溯游從之」就是用來比喻想要見到隱者的渴望，而「宛在水中央」的「宛」字用得最好，讀者看了，感覺「伊人」似乎快要飛起來了呢！（這位伊人到底是何方神聖？還會輕功水上飄？）

第三種說法，**這是在敘述可望而不可即的「愛情詩」**：

南宋朱熹認為：「所謂的『那個人』，你跑上跑下都追不到他。」㉒什麼！這是提早出生了兩千多年的奧運百米冠軍嗎？但是朱熹接著也很誠實地說道：「不過，我不知道『怎麼樣也追不到手的那個人』到底是在~~供瞎毀~~比喻什麼……」

㉑《詩經通論》：「此自是賢人隱居水濱，而人慕而思見之詩。『在水之湄』，此一句已了。重加『溯洄』、『溯游』兩番摹擬，所以寫其深企願見之狀，於『在』字上加一『宛』字，遂覺點睛欲飛，入神之筆。」

㉒《詩經集傳》：「言秋水方盛之時，所謂彼人者，乃在水之一方，上下求之而皆不可得。然不知其何所指也。」

以上這三種說法，依時代先後來分析的話，顯然南宋的朱熹無法接受西漢毛亨的解釋，所以才提出了一個把謎題懸置、不求標準解答、用「情歌」打混過去的說法。不過也正因為朱熹承認他「不知道」，〈蒹葭〉依舊是無解的謎題，而這樣的回答難以滿足想要追根究柢的人，所以清代學者又提出了可能的解釋。

若綜合以上三種看法，〈蒹葭〉這首情歌，既可以表達人民的不滿，又可以是國君招募人才的廣告，堪稱功能性極高了！

但是，「被百姓諷刺、不懂治國」的國君？秦襄公可不願意背這個鍋啊！

所謂伊人，在水一方——最美的謎題

秦襄公何許人也？居然被〈毛詩序〉當作不以周禮治國的國君來諷刺？這等榮幸都快跟「春秋五霸」、「戰國七雄」可以相提並論了耶！且讓我們細說從頭。

西周末年，周幽王經常以「烽火戲諸侯」的無腦做法取悅他的女神褒姒，最終導致西戎入侵、西周滅亡。繼任的周平王倉皇出逃，秦襄公因為護送有功，所以被封在周王室的西方負責戍邊，以抵禦西戎的威脅。周平王還對秦襄公許下承諾：「西戎占領了我祖先的發祥地岐山和灃河，如果你能趕走西戎，那麼被西戎占領的土地就歸你所有！」㉓

秦襄公這下可樂開懷了！原本秦國只是一個產馬的小附庸國，趁著平王東遷，終於獲封諸侯，可以派遣外交使節跟其他國家來往，在東周政治角力的舞臺上正式登場。他在位期間「奉旨」打仗，十二年後去世。繼任者秦文公一邊致力於教化百姓，一邊不忘父親的遺志，在他的任內完成了收復岐山的任務，將周代的發祥地岐山再度歸還給周平王。

所以說，〈蒹葭〉怎麼沒事就諷刺秦襄公了呢？人家一生勤勤懇懇、兢兢業業，將周平王交代給他的任務「**打好打滿**」，這樣還要雞蛋裡挑人家的骨頭嗎？就算人民厭惡

㉓《史記·秦本紀》：「（秦襄公）七年春，周幽王用褒姒廢太子，立褒姒子為適，數欺諸侯，諸侯叛之。西戎犬戎與申侯伐周，殺幽王酈山下。而秦襄公將兵救周，戰甚力，有功。周避犬戎難，東徙雒邑，襄公以兵送周平王。平王封襄公為諸侯，賜之岐以西之地。曰：『戎無道，侵奪我岐、豐之地，秦能攻逐戎，即有其地。』與誓，封爵之。襄公於是始國，與諸侯通使聘享之禮。」

打仗好了，那諷刺的對象也該是始作俑者周平王啊，怎麼是怪秦襄公呢？這是要讓秦襄公當周天子的代罪羔羊嗎？

而且在秦襄公封侯之前，秦國明明就有自己的風俗文化，跟中原地區沒什麼往來的廣大「黔首」原本連周禮是圓是扁也不知道。怎麼秦襄公在位的短短十二年間，「黔首」們突然搖身一變成了學者專家，去編歌諷刺秦襄公無法用周禮治國？

〈毛詩序〉一定知道站不住腳，所以特意說：秦襄公的領土，本來就是周天子發跡的地方啊！那邊的人民已經很習慣周禮了，秦襄公這個新諸侯不懂周禮，所以人民才會寫詩歌諷刺他啦！

冤枉啊大人！岐山明明就是等到秦襄公的兒子在位時才收復的耶！現在是拿清朝的劍斬明朝的官嗎？

再說啦，如果周禮真的這麼棒，周幽王這種昏庸的天子又怎麼能搞到西周滅亡？周平王又為何沒有能力收復自己祖先發跡的聖地？春秋何必有五霸？戰國怎會有七雄？靠周禮的制度去解決一切問題就好啦？

我就隨便問一下：〈毛詩序〉「〈蒹葭〉，刺襄公也。未能用周禮，將無以固其國焉」的說法，到底是「指鹿為馬」還是在「指桑罵槐」啊？

那麼，招募隱者的說法呢？

確實，秦國從一個偏遠蠻荒、不懂周禮的小國，要想打入中原地區的政治舞臺，一定需要知己知彼，才能百戰百勝。所以招募隱居的賢才的說法，應該沒問題了吧？「所謂伊人」的「伊人」，就是指「隱者」囉？

各位，〈蒹葭〉之所以眾說紛紜，除了不確定「伊人」是誰之外，那個「溯洄從之」、「溯游從之」的舉動也很讓人不解。

是這樣的，如果「伊人」是比喻國君所要招募的隱者，那詩中追著「伊人」跑上跑下的應該就是指國君本君了吧？

「所謂伊人，在水一方」，既然國君已經知道隱者在水的另一邊了，那下一步不就應該是划船渡河去找他嗎？你不是想辦法拉近彼此的距離，反而是往上游去，走更高、更陡的陸路（或水路）？

這不是離他離得更遠了嗎？

〈蒹葭〉解釋眾說紛紜，我們來聽聽唐代經學家孔穎達怎麼說……

關於〈蒹葭〉的詮釋，原來孔穎達和毛亨是同一掛的！

孔穎達《疏》：「所謂維是得人之道，乃遠在大水一邊，大水喻禮樂，言得人之道乃在禮樂之一邊。既以水喻禮樂，禮樂之傍有得人之道，因從水內求之。」孔穎達闡發了〈毛詩序〉的說法，將「所謂伊人，在水一方」解釋成國君得到民心的方法。水，是詩人用以比喻禮樂制度，而人民則在水的對岸。秦國人民大都是故周舊民，秦君以外族之姿空降為國君，與人民的風俗不同，猶如水的兩岸。因此如果秦君想讓秦國穩定、強盛，就要透過舊民所熟悉的周禮去治理人民。

另外，孔穎達《疏》又說：「若逆流溯洄而往從之，則道險阻且長遠，不可得至。言逆禮以治國，則無得人道，終不可至。」可知孔穎達認為如果秦君不以周禮治國，就無法得到人心，國家終究無法長治久安。

反之，「若順流溯游而往從之，則宛然在於水之中央。言順禮治國，則得人之道，自來迎己，正近在禮樂之內。然則非禮必不得人，得人必能固國，君何以不求用周禮乎？」孔穎達認為按照周禮治國，就能吸引天下賢士到秦國，使秦國得到治理，讓民心變得穩固，因此發出秦君治國何以不用周禮之嘆。

誰准你大清早追人了？
——《詩經・秦風・蒹葭》（中）

「〈蒹葭〉是一首招賢詩，『溯洄從之』、『溯游從之』就是指招募隱者的方法。」

「老師，幾千年前的諸侯就已經流行在伸手不見五指的凌晨約隱者去河邊慢跑了嗎？」

秋天的凌晨，刺骨的寒風陣陣吹來，當大家都還在暖呼呼的被窩裡，堂堂一國之君居然還得辛辛苦苦在水邊「溯洄從之」，為國家招募人才？顯然這對秦君來說是個重度的體力勞動。體力不支了？沒關係，體力不支你休息一下就好……喂，不是啊！你幹嘛多此一舉，還要「溯游從之」、又回頭往下游去呢？

這位國君，你腦子被凍壞了嗎？既然要回頭，當初不要去上游就好啦？那麼忙著在上游下游來來回回的秦君，打動了隱居的賢者了嗎？就在我們黑人問號滿天飛的時候，萬萬沒想到的事情發生了！

原來當秦君跑來跑去的時候，那個伊人也不是乖乖待在水邊不動的。「溯游從之，宛在水中央」，什麼？伊人居然已經不是在水的另一邊，而是在水中央了？

一個莫名所以、來來回回的舉動，就可以打動隱居的賢才，讓他願意從水的另一邊移動到水中央？

那好奇再問一下：首先，從「白露為霜」到「白露未已」這段五更天的時間裡，秦君到底該當成健身運動一直來來回回、跑上跑下好幾次？還是意思意思跑個一回、心意到了、可以打動這個十大清早喜歡看人跑步的隱者就好呢？

其次，在這個凌晨五更天的時間，這位隱者到底是怎麼到達水中央的？搭船嗎？既然有船可搭，秦君為什麼要「溯洄從之」、「溯游從之」去追尋隱者？直接搭艘小船、渡個河到對岸，不就可以結束你這上上下下、不知所云的荒謬舉動了嗎？這種智力也就難怪你秦君招不到賢者啦！

等等，差點大意了，整首詩裡頭，根本就沒有出現渡頭、漁夫、小舟等相關字眼。加上秋天凌晨，水溫可能低到零度，當時的水邊可能根本無法渡河的，那麼……那位伊人又是怎麼到水中央的呢？

一下子這麼多問題，搞得我好亂啊！

溯洄從之，道阻且長——追求「伊人」的妙招？

好的，先冷靜。我們放下這些文字上的矛盾，先回歸到真實的歷史本身，解決秦君招賢時智商突然降低的問題。

《詩經・秦風》中收錄了十首秦地的民歌，時代估計是從秦襄公（約西元前八三三～前七六六年）到秦穆公（西元前六八三～前六二一年）時期。但是有趣的是，秦國在這兩百年間，一方面忙著抵禦西戎，另一方面忙著宗室內鬥，大部分的國君壓根兒就沒想到要招募隱者。

如果從在位時間來看，除了秦文公在位五十年、秦武公二十年、秦宣公十二年、秦穆公三十九年，其他國君在位時間都不算太長，還來不及招到幾個賢者，國君就去跟祖先作伴了。而根據《諡法》，「文」、「宣」都是「上諡」，「武」、「穆」的評價也還不錯，表示這幾個在位較長的秦君，基本上都沒有太大的問題。沒有比較，就沒有傷害，看看「周幽王」、「齊靈公」這些惡諡就知道了，秦君還不算太糟，黔首們何必大費周章寫歌要求國君好好招賢啊？

那麼秦君們都不招賢的嗎？話也不是這麼說，秦穆公就很喜歡招賢啊！

哦，終於突破盲腸了？那這首詩不就是在寫秦穆公招賢有多不容易了嗎？

不好意思啊，秦穆公可是不招則已，一招就招到了五位賢人呢！㉔不過是招募隱居的賢者而已，有必要搞到上上下下、累死自己嗎？春秋時代「隱居的賢者」們明明跟跳樓大拍賣一樣，個個忙著出貨清倉！唉唷？讀者你眼光不錯喔，那個晉國因為驪姬之亂，大批人才逃到秦國尋求政治庇護，現在可是不二價「買一送一」呢！

看清楚了沒？本君「招募隱者」就是這麼容易，還用得著寫歌？還用得著讓世世代代、千千萬萬的讀者懷疑本君的智力？

所以說，本君的智力沒問題！當時的水邊就是剛好沒有船可搭！本君不需要搭船去對岸迎接賢者！應該說，我大秦明明就沒有「招賢」的困難，哪需要什麼「招賢詩」啊！

好吧，那麼伊人的身分，似乎已經可以確定下來了？既不是諷諭詩，也不是招賢詩，那就只剩下愛情詩這個解釋才能說得通啦！

㉔ 李斯〈諫逐客書〉：「昔穆公求士，西取由余於戎，東得百里奚於宛，迎蹇叔於宋，來丕豹、公孫支於晉。此五子者，不產於秦，而穆公用之，並國二十，遂霸西戎。」

在秋天的凌晨，詩中的主人翁跑到水邊，追求住在水的對岸的那位佳人。我一會兒在上游、一會兒在下游，來來回回大喊「伊人我愛你」……多浪漫的行為啊！都這麼有誠意了對方還不被我打動嗎？

你要不要聽聽看你在講什麼？

一大清早的，哪來的中二在河的對岸忽上忽下？這是什麼令人迷惑的追求行為？有沒有公德心哪？又吵又鬧的，街坊們不用睡覺了？人家等會兒還要起床上班呢！

喔喔，果然！伊人生氣了！我彷彿看到伊人施展了絕世武功，從河水的對岸拎起一個中二，然後輕輕落在了水中央……

招什麼招、追什麼追！管你是秦襄公、招賢的國君、還是不知名的中二，一大早擾人清夢，活該你被「就地投胎」！

溯游從之，宛在水中央——該大絕招「《詩》六義」上場了！

現在，我們知道三種說法不論於情於理，都有說不通的地方。這下不得不搬出大絕招了，那就是「《詩》六義」中的「賦、比、興」！

所謂「賦、比、興」，指的是詩經的寫作手法：

「賦」是「**直陳其事**」，有什麼就說什麼。例如〈邶風・擊鼓〉的「**執子之手，與子偕老**」，沒別的意思，就是「**想牽著你的小手，一起白頭到老**」。

「比」是「**以彼喻此**」，也就是譬喻修辭。例如〈魏風・碩鼠〉的「**碩鼠**」就是用來比喻貪官汙吏。

「興」是「**藉物起興**」，例如〈小雅・鹿鳴〉的「**呦呦鹿鳴，食野之苹。我有嘉賓，鼓瑟吹笙**」，就是詩的開頭先描繪出一個鹿群在野外吃草的場景，然後再連結到貴族宴會、和樂融融的畫面。

那麼，「**蒹葭蒼蒼，白露為霜**」是不是「興」呢？「興」這種手法，是以自然的事物連結到人類的生活，它只是一個「**轉場畫面**」：例如〈周南・關雎〉的開頭是「關關雎鳩，在河之洲」的場景，接著鏡頭淡出，男女主角登場，由「窈窕淑女，君子好逑」的畫面淡入。讓我們說清楚、講明白啊！這位君子可不是真的跑去沙洲追求佳人哪！

但蒹葭就是實實在在生長在水邊的植物，「溯洄」、「溯游」又清楚的指出上下游之別，再加上「水中央」、「水中坻」、「水中沚」都講得這麼具體了，這還會是「興」嗎？

所以說「蒹葭蒼蒼」真的不是「轉場畫面」！它就是實實在在的指出地點，而不是「興」的寫作手法。

那麼是不是「比喻」呢？這就更不可能。請問一下，蒹葭——也就是蘆葦——在文學作品中，比喻了什麼環境呢？

秦襄公不用周禮治國、令人心寒？典籍上實在找不到多少證據可以支持這種說法。隱者住的地方很淒冷？這可能說得通，畢竟丕豹跟公孫支是因為晉國內亂、不請自來的。但這就不是秦國的問題啦，要罵也是罵晉國，關秦君什麼事啊？

既然「興」跟「比」都說不通，可見「蒹葭蒼蒼」就是用以實指地點的寫作手法——「賦」。

那麼在秋天冷冽的凌晨（明確的時間），在長滿蘆葦的水邊（藉由植物指出地點），到底是發生了什麼，讓詩人寫下了這千古的謎團呢？

我們別忘了，《詩經》所收集的歌詞是民間歌謠，是古代社會的真實寫照，可以反映先民生活的樣貌，再加上秦國民風剽悍，它的民歌風格，按理來說本來就該是直截了當的我手寫我口：

不管我看到了什麼，我就是單純直接寫下來。不用什麼高級的譬喻手法，也不搞什麼拐彎抹角的聯想。

所以讓我們拋棄一切既有的成見，單純直接、原汁原味（？）來還原一下〈蒹葭〉的畫面吧！

蒹葭蒼蒼，白露為霜——秋天的水邊蘆葦長得很茂盛，凌晨的時分露水已經凝結成霜。

誠心發問：在這冷颼颼的秋季、大概凌晨三點以後天黑黑的時分，會出現在水邊的是誰？求賢若渴的國君？還是為愛痴狂的傻子？怎麼想，這首詩的主人翁「我」，如果不是起了一大早準備討生活的下層老百姓，那就是被長官逼著提前上班的卑微小官員吧？

所謂伊人，在水一方——遠方似乎有個人，站在水邊的另一方。

等等？除了苦命的我，水的另一邊好像有人？那個人我好像沒見過？奇怪，是誰呢⋯⋯

露水雖然已經開始慢慢融解了，但天色還很昏暗。那個人到底是誰啊？現在光線還很昏暗，實在看不清楚，是熟人嗎？如果是跟我一樣苦命的熟人，應該會跟我打招呼的吧？怎麼不出聲呢？

咦？雖然光線不足，但隱約看得出來一點身形⋯⋯

唉唷我的老祖宗啊！那個人……！

那個人有腳嗎！

溯洄從之，道阻且長——我往上游去，發現道路又遠又長。

我嚇得趕緊逃離水邊，往相反的方向拔腿就跑。但是，眼前的道路怎麼好像不太一樣？好好的一條往上游的山路，現在怎麼越來越高、越來越陡、越來越難爬了呢？我就這樣，望著看不到盡頭的山路不停的往上跑、不停的往上跑、往上跑……

溯游從之，宛在水中央——我往下游去，發現那個人已經到了水面的中央。

天哪，到底是跑了多久啊？我可憐的這雙腿已經跑不動啦！

就在此時，露水已經開始消失了，曙光終於出現了！眼前扭曲變形、怎麼樣也跑不過去的山路，「刷」的一下，不知怎的突然恢復了。

喔喔喔！

這……難道……這就是傳說中的……

鬼！

打！

牆！

我的老天鵝！

不管怎樣，從凌晨到破曉，折騰了這麼久的時間，幸好現在天亮了！剛剛一定是見鬼了！都說鬼怕太陽，看來是真的！這輩子再也不走這條路了！

我回過神來，趕緊往回走，好不容易才回到剛才的水邊……

救命啊！那個人居然出現在水中央啦！

沒錯，你真的是見鬼了！

——《詩經．秦風．蒹葭》（下）

「老師，〈蒹葭〉聽起來很像我去『跑山』時遇到『鬼打牆』的經驗耶！」

「同學，上課可以正經點嗎？古人怎麼可能把『遇到鬼打牆』這種事寫成詩歌！」

欸欸欸，你來你來，你過來。讓我瞅瞅你是誰！

天哪！你還真過來了？

喂喂，等等，你怎麼過來的？

喔不，塊陶啊！（光速後退）

為什麼會在秋天清晨遇到這種事？

為什麼往上游的道路會變得怎麼樣都走不到盡頭？

那個人到底是誰？

這麼驚恐的事情，不能只有我一個人知道！我趕緊找個詩人，告訴他我在水邊遇到的事。但是他怎麼也不肯相信。

說的也是……**換做是你，你會信嗎？**

所謂伊人——到底是「誰」在所謂？

首先，你有沒有想過，「所謂伊人」……到底是「誰」在「所謂」？

由於《詩經》大多是四言詩，這句「所謂伊人」為了遷就四言詩的形式，不得已省略了主詞，結果搞得這首詩的意思變成無解的方程式。

如果我們完全按照字面翻譯成白話，這句話就是：「（有個人）所說（他看到）的『那個人』」——「有個人」，就是指「跟詩人述說事件的當事人」（以下簡稱「當事人」）。當事人把故事敘述給詩人聽，詩人再將故事寫成詩歌傳唱，所以本詩其實不是詩人以第一人稱的立場所寫成。因此，「所謂」這個詞說明了一件事：詩人是從別人口中聽到這個故事的。

這是為什麼呢？就算是從別人口中聽來的故事，反正詩人都要寫成詩歌了，為什麼不用第一人稱「我」呢？《詩經》裡頭，隨手拈來就是第一人稱的詩歌：

青青子衿，悠悠我心。縱我不往，子寧不嗣音？（〈鄭風．子衿〉）

靜女其姝，俟我於城隅。愛而不見，搔首踟躕。（〈邶風．靜女〉）

投我以木瓜，報之以瓊琚。匪報也，永以為好也！（〈衛風．木瓜〉）

父兮生我，母兮鞠我。撫我畜我，長我育我，顧我復我，出入腹我。欲報

之德。昊天罔極！（〈小雅・蓼莪〉）

整部《詩經》，「我」字就出現了將近六百次。怎麼〈蒹葭〉這首詩的主角遇到了想要追求的對象，卻不用「我」，而用「所謂」（人家所說的）一詞呢？

這就表示連詩人也不想變成當事人嘛！

正是因為詩人對於當事人所說的故事也難以理解，不得已只好用「所謂」這個詞來擺脫責任：

這都是「有人」說的，不關我的事啊！

同理可證，為何詩人要使用「伊人」（那個人）這種不太確定的詞彙呢？也是因為當事人本身就講不清楚，所以詩人也只能以伊人一詞帶過。

「所謂伊人」四個字，就是詩人在告訴讀者：在那蒹葭蒼蒼的水邊，在那白露為霜的凌晨，有個人看到了……

所謂伊人，在水一方！

所謂伊人，在水之湄！

所謂伊人，在水之涘！

因為很重要，所以說三次：**這不是我說的，是「有人說」的喔！**

那麼「有人說」，到底是說了什麼，以至於連詩人也不敢用第一人稱呢？

溯洄從之、溯游從之——碰到豔遇千萬不要這樣做

按照常理，當事人如果想要追尋在對岸的伊人，可以請對方在原地不動，然後想盡辦法渡河。但是當事人卻選擇往上游的方向累垮自己「溯洄從之」。奇怪，你找人就找人，為什麼要跑去上游呢？

好吧，顯然是因為**現場無法渡河**——例如無船可搭，或是水面過於寬廣、水深太深，但上游正好有橋、或是有渡河工具……可是如果當事人本來就知道伊人在對岸，而且也有意追求他，那為什麼不事先準備好渡河的工具或方法？這麼遜要怎麼把妹？

前提是：如果知道伊人在對岸……

換句話說，其實當事人並不知道伊人就在水的另一邊，所以沒做好渡河的準備？照這麼看來，當事人之所以沒有渡河，那就表示這是豔遇不期而遇啦！既然是不期而遇……

假如伊人不肯接受當事人的追求，而現場又無法渡河，那麼當事人溯洄從之、從上游繞遠路到對岸之後，對方早就落跑啦！這完全是浪費時間的行為嘛！倒還不如直接向著在水一方的伊人大聲呼喊、表達情意，還比較有效率呢！

假如在不能渡河的情況下，伊人願意接受當事人的追求，那伊人應該也會往上游去，以縮短兩人的距離；或者開心到原地跳舞、蹲在地上畫圈圈（？）等當事人過來就好。此時當事人就不該溯游從之、往下游跑啊！當事人又跑去下游到底想幹嘛！因為這樣只會拉開兩人的距離啊！

所以，「溯洄從之」、「溯游從之」兩句，如果目的是為了追求伊人，可說是百分之百的失敗保證。

因此，我們只能反向思考：如果「溯洄從之」、「溯游從之」不是為了追求伊人，那麼有沒有可能正好相反……

這麼做是為了逃避伊人呢？

從「白露為霜」到「白露未已」——這樣把妹就等著接律師信

其實我們該反向思考的不只是「溯洄從之」、「溯游從之」，還有這首詩一開始就表明的時間：「白露為霜」。

說真的，不管是〈毛詩序〉的「諷刺秦襄公說」、朱熹《詩集傳》的「~~那一年，我所追的女孩~~愛情詩」，還是說了幾百次也不會變合理的「~~人力銀行招募社畜~~招賢說」，都無法合理解釋以下這件事：

當事人到底為何要在冷死人的秋天凌晨去「追求『伊人』」？

就算你不想念溫暖的被窩，對方也不見得起床了啊！這種近似跟蹤、騷擾的追求行為，難道是在上演連恩尼遜的《即刻救援》：

I will look for you.（我會追尋你）

I will find you.（我會找到你）

And I will kill you.（然後我會……咦？）

老天！什麼諷刺國君！什麼浪漫愛情！什麼招賢募才！時間、地點，都不合理啊！

要知道，《詩經》最大的特色，就是「思想純潔」[25]！以《詩經．周南．關雎》為例，注重的是用正當手段追求對象（窈窕淑女，琴瑟友之），若追求不得，則會因思念過度而變失眠症患者（求之不得，寤寐思服）。別說是周代的人了，即使是現代人，在秋天清冷的凌晨時分，追求住在水邊的伊人，既不合理，也很失禮；如果情節再嚴重一點，對方絕對可以告你性騷擾、讓你跑法院！

既然是一個造成對方困擾、思想明顯不純潔的追求行為，怎麼會用來比喻國君求賢

---

[25]《論語．為政》：「子曰：『《詩三百》，一言以蔽之，曰「思無邪」。』」

若渴、或是男女求愛的過程呢?再加上詩人不肯以第一人稱寫作,嗯⋯⋯

其中必定「有鬼」!

「宛」在水中央——毛骨悚然撞鬼經驗

不得不說,〈蒹葭〉最大的謎題,還是「宛在水中央」三句。

不管是追愛、招賢還是豔遇,總之,既然那位伊人跑到水中央了,那就是他對當事人的行動有所反應。

首先,如果「宛在水中央」表示伊人願意接受當事人的追求、因而從水的另一邊到達水中央,那麼按常理來說,現場就是可以渡河沒錯。但是當事人卻往上游跑?

顯然這位當事人不想接近那個伊人啊!

其次,伊人如果不願意接受追求,那他是用什麼方式渡河?又為什麼要從水的另一邊到達水中央,去接近主角呢?

最後，不管伊人以哪一種方式到達水中央了，為何要用「宛」這個字呢？當事人與伊人明明身處相同的時空，可以親眼目睹、確定他的位置，怎麼會用「宛」這個表示不能確定、無法判斷的字呢？

按照邏輯，人在遇到事件的當下所能做出的判斷大抵就是5W1H：「是誰」(who)、「發生什麼事」(what)、「什麼時候發生的」(when)、「在哪裡發生」(where)、「怎麼發生的」(how)、以及「為什麼會發生」(why)。然而，本詩除了出現的時間（凌晨到黎明）、地點（長滿蒹葭的水邊、水中有沙洲），居然其他五件事都判斷不出來？

既然無法判斷，那不就表示伊人從「**在水一方**」到「**在水中央**」，不是靠一般人能判斷的正常方式到達：要嘛用飄的，要嘛UFO用光束傳遞（？）……

所以說，這個豔遇事件是「**不正常事件**」，而那個伊人只能是「**非人**」（**神靈、山精、鬼怪**）或「**不正常人類**」。

嗯，這麼一想不就合理多了嗎？就因為是個不正常人類，當事人才會不想渡河，選擇第一時間往上游跑，離伊人越遠越好吧！

也正因為是遇到不正常事件，對當事人、以及聽故事的詩人來說，都匪夷所思、無法理解，所以詩人才不想用第一人稱——因為他壓根兒不想在秋天清晨遇到非人類啊！而詩人也只能曖昧不明地說，呃……那是個……「伊人」——因為當事人的敘述不論怎麼聽，那個人明明就不是人啊？

什麼賢者！

什麼佳人！

如果是，早就拚死渡河了，幹嘛轉身就跑！

要知道，就算是宅男脫單的機率，也比正常人遇到不正常事件或非人類的機率還高（哪來的統計），因此就算用光幾輩子的好運（？）遇上了一次「第三類接觸」，也會因為自己或身邊的人從未有過這種經驗，而導致根本不知道到底發生了什麼，又或者因為難以啟齒而導致壓力山大。

所以啦，這就難怪從漢代到現在，關於這首詩的解釋一直眾說紛紜、莫衷一是。他們用常見的生活經驗去解釋不常見的事情，當然行不通啊！而且根據孔老夫子的莫名堅持「子不語：怪、力、亂、神」（《論語．述而》），就算是那些大儒者知道〈蒹葭〉是個鬼故事，憑他們正經八百的個性，也不會這樣教學生嘛！

幸好現代人資訊發達，各種奇怪的知識一直在不斷增加，許多不可思議的現象，都能找到科學的解釋，因此對於「怪力亂神」的接受度比古人高、心態也更加開放。那就讓我們乾脆一點，拋開傳統看法，無厘頭地猜測伊人可能是個擁有絕頂輕功、萬中無一的「不正常人類」；又或者他是個精靈鬼怪、甚至是外星人之類的「非人」。這樣才能解釋當事人為何見到伊人卻不渡河、跑上跑下不知道在忙什麼的反常舉動。

所以本文便正大光明擺脫那些正經到令人想睡的「諷諭」、「愛情」、「招賢」的解釋，提出另一個腦洞大開的新看法：

沒錯，就是見鬼！

〈蒹葭〉整首詩就是在寫「毛骨悚然撞鬼經驗」！

天師贊日

讓千古以來的學者都大嘆「是在哈囉」的謎題，現在也一樣無解呢！

到底是魚還是鳥？

——《莊子・逍遙遊・北冥有魚》

「地球上水陸兩棲的生物不算什麼，《莊子》裡還出現了『水空兩棲』的生物呢！」

「請問老師，地球上有第二種水空兩棲的生物嗎？」

《莊子》一書，是先秦道家重要的典籍之一，作者是莊子以及他的後學。現在坊間流傳的《莊子》是一千七百多年前、西晉時期郭象所註解的版本，分成三十三篇，共七萬多字。但是根據《史記．老莊申韓列傳》的記載，二千三百年前漢代所通行的《莊子》可是有五十二篇的，字數也高達十萬餘字。在以竹簡為文字載體的秦漢時期，這本書大約要耗費兩千八百多片的竹簡、重量大概是十公斤左右，所以古人在研讀《莊子》的同時，還可以順便健身呢！

而由於《莊子》的成書年代不晚於漢代，因此本書已經擺脫春秋時代的語錄體（《論語》）或格言體（《老子》）等單一、固定的形式，改以不著邊際的對話（卮言）、古聖先賢的名義（重言）、或者活潑生動的故事（寓言）來表達深奧難懂的哲學。

你可能要問，哲學已經很難懂了，一本正經的講道理不行嗎？為什麼還要用「卮言」、「重言」和「寓言」這些胡說八道的方式來寫作呢？

這是因為莊子「**以天下為沉濁，不可與莊語**」（翻譯成白話就是「**以你的智商我很難跟你解釋**」），所以他選擇用想像力無邊無際的「卮言」，讓讀者去反覆思索，希望哪天靈光一現，你就能自行參透出道家哲學的奧妙。

如果你不吃這一套、講究說話要有憑有據，那也沒關係，搬出「孔子曾經這樣說」、「老子曾經那樣說」這種重量級人物的「重言」，會讓你覺得他說的話可信度應該很高。

又或者你比較叛逆，不想聽那堆「老師說」，行！不論男女老少，誰不愛聽故事呢？那就用「寓言」去引發你的興趣、增廣你的見聞、激活你那日益萎縮的大腦！

所以說《莊子》為了能夠在百家爭鳴的戰國時代殺出重圍、刺激銷售，「上到九十九，下到剛會走」，都是它鎖定的顧客群，務必以最多元的表達方式、最精彩的文字內容，確保每位讀者都能在書中找到自己所喜愛的元素，達到「開卷有益」的終極目標！

北冥有魚，其名為鯤——連「進擊的巨人」也驚呆了

閱讀《莊子》時，我們很難不被它以絢爛文字所呈現的豐富想像所吸引。最具有代表性的，絕對是在開篇〈逍遙遊〉中登場的不明生物——「鯤」。這是一種顛覆我們的

既有認知、讓「巨人」瞬間變成「蟻人」、是魚也是鳥的巨型兩棲類生物：

北海有一種大魚叫「鯤」。牠的身軀非常巨大，大到不知道有幾千里。當牠化為鳥時，稱為「鵬」。鵬的翼展很廣，廣到不知道有幾千里。㉖

這種超越航空母艦級別的生物，別說是在民智未開的古代，就算是在現代，也絕對稱得上是腦洞大開了！

等等，我不服！動不動就是「幾千里」的，想嚇唬誰呢？誰知道你的「里」有多長、多大啊？

好，那就讓我們來探究一下。

《孫子算經．上》說周代「六尺為一步。二百四十步為一畝。三百步為一里」，這是就長度而言。周代的「里」換算成現代的公制單位大約是四百公尺，因此「鯤」這

㉖《莊子．逍遙遊．北冥有魚》：「北冥有魚，其名為鯤。鯤之大，不知其幾千里也。化而為鳥，其名為鵬。鵬之背，不知其幾千里也。」

種魚，保守估計身長可以長達0.4×1000=400，也就是四百公里以上，超過了臺灣本島的長度。

另外，《韓詩外傳・卷四》說，周代「廣三百步，長三百步，為一里」，這是就面積而言，「一里」的面積最少是0.4×0.4=0.16平方公里。那麼「鵬」背部的面積，長寬各以最小值一千里來計算的話，換算下來將近十萬平方公里，而臺灣島的面積則是號稱三萬六千平方公里……

哇啊！什麼航空母艦、進擊巨人之類的，完全都被海放了！這可是大到要動用「人造衛星」才能看到完整樣貌的生物啊！古代真的有這種生物嗎？莊子見過嗎？證據呢？

沒想到《莊子》在介紹這種兩棲類生物之後，立刻甩鍋表示不清楚：

齊諧這個人你聽說過嗎？不知道？他就是專攻各種冷知識的UP主啊！他說過：「大鵬鳥往南方遷徙的時候，那叫一個壯觀啊！方圓三千里的水面都被牠攪翻了！」[27]

---

[27]《莊子・逍遙遊・北冥有魚》：「齊諧者，志怪者也。諧之言曰：『鵬之徙於南冥也，水擊三千里……。』」

原來「鵬」是出自「齊諧」這個人（一說是書名）的說法，並非莊子親眼見過的生物。這在現代，大概就是散布假新聞以衝高流量的做法，大家千萬別學啊！但如果我們秉著「打假」的精神搜尋一下古代典籍，就會發現「鯤」這種生物出現的紀錄還不只一次：

比北極更北的地方有個溟海，叫做天池，天池裡有一種魚，長跟寬差不多，有數千里這麼大，叫做「鯤」。又有一種鳥，叫做「鵬」，翅膀跟身體差不多，大得像是從天上垂下來的雲。世人從哪兒得知這些奇奇怪怪的生物的呢？原來是當初大禹治水時看到了這些巨大的生物，伯益知道後就幫牠們取了名字，夷堅聽說後就把這個見聞記錄了下來。[28]

是不是？「假新聞」一定是在一傳十、十傳百的時候會被加油添醋，內容變得越來

[28]《列子．湯問》：「終北之北有溟海者，天池也。有魚焉，其廣數千里，其長稱焉，其名為鯤。有鳥焉，其名為鵬，翼若垂天之雲，其體稱焉。世豈知有此物哉？大禹行而見之，伯益知而名之，夷堅聞而志之。」

越豐富：

齊諧只說有「鵬」這種依季節南遷的候鳥。到了《莊子》就說「鵬」是由「鯤」化成的，證據是齊諧曾經說過。但齊諧明明就沒提到「鯤」這種大魚！到了《列子》，就說「鯤」和「鵬」是兩種生物，而且大禹見過、伯益命名，夷堅（有人認為他就是「齊諧」）聽了就記載下來。

真是夠了，講得跟真的一樣！大腦是好物，也是我們每個人都擁有的，是時候讓大腦發揮一下作用了！請問：

四千年前的大禹時代有那麼大的生物嗎？
如果有的話，難道這種生物在戰國時代已經滅絕了嗎？
在考古發達的現代，難道沒有發現這種巨大生物的化石嗎？
這麼巨大的生物，牠的神經系統怎麼作用？大腦發出一個指令，反射弧得有多長？

如果要能夠飛行，那麼牠的骨骼必須非常輕吧？會不會有骨質疏鬆的問題？

牠棲息在哪兒？以什麼為食？

最後，這是不是「假新聞」？「幾千里」是不是誇飾手法？如果是誇飾，那我們何必思考這種生物存在的可能性？認真就輸了嘛！

搏扶搖而上者九萬里——憑實力碾壓眾人智商

好吧，如果是誇飾，那你就吹吧！牠的大小也沒啥好細究的啦！不不不，《莊子》可沒有放棄啊！齊諧所說的「鵬之徙於南冥也，水擊三千里，搏扶搖而上者九萬里，去以六月息」是什麼意思呢？目前通行的白話翻譯大概是這樣的：

大鵬鳥要移動到南海時，必須努力振動牠的雙翅，拍擊（划水）三千里之後才得以升空；升空後要不斷盤旋，到達至少九萬里高的天空，然後憑藉著六月時的季風，才能真正啟程往南海出發。

《莊子》顯然對不明生物很有興趣，因為在引用完齊諧的話之後，便仔細推論了這種生物之所以能夠「水擊三千里，摶扶搖而上者九萬里」的原因：

如果水的深度不夠，就會沒有足夠的力量去負載大船的重量。好比說倒一杯水在堂前低窪的地方，那麼一根小草就可以像船一樣浮在水上；但你在那一小灘水面上放一個杯子，杯子就動不了了，這是因為水太淺而船（負載物）太大的緣故。

而如果氣流不夠強大，那麼就無法承載大鵬鳥的雙翼。所以鵬要飛到九萬里（相當於三萬多公里）以上的高空，連大氣中的氣流都在牠的雙翼下了，然後才能憑藉著氣流所形成的風力起飛，背負著青天而無所阻礙的準備往南海飛去。[29]

---

[29]《莊子．逍遙遊．北冥有魚》：「且夫水之積也不厚，則負大舟也無力。覆杯水於坳堂之上，則芥為之舟；置杯

你看看，《莊子》可沒有因為是道聽途說、是一種從未見過的不明生物，就原地放生了。它可是在一本正經的探究這種不明生物在水裡和天空中生存時的必要元素——水的深度，以及氣流的厚度。

奇怪，這……怎麼好像在上物理課？

是的，你沒看錯！《莊子》這一大段，就是在討論物理的「浮力」問題：

像「鯤」這麼巨大的魚類，必須在極深的水域才能夠生存；如果是太淺的水域，因為浮力不夠的關係，牠就會無法動彈。（順帶一提，這水域必須是海域，而不是江河的流域。因為這種生物是由北往南游，但中國大陸的長江、黃河都是東西向。）

同理，像「鵬」這麼巨大的鳥類，必須在雲層之上才能飛行。《列子・湯問》也有提到大鵬鳥的翅膀「若垂天之雲」——這就表示地面上的人類平

焉則膠，水淺而舟大也。風之積也不厚，則其負大翼也無力。故九萬里，則風斯在下矣，而後乃今培風；背負青天而莫之夭閼者，而後乃今將圖南。」

時無法觀察到牠，因為如果光是牠的翅膀已經大得像雲一樣了，那牠的身體也一定大到跟天空沒兩樣啦！這時地面上的人看牠，不是把牠當成天空的一部分，就是把牠看成厚厚的一大片雲層。而如果要牠低空飛行，牠也做不到，必須靠夏季時的上升氣流的帶動與輔助，才能順利往南遷徙。

哇！你本來以為在上《莊子》這門國文課，但是「鯤」和「鵬」的出現，讓你額外上了「古代生物學」。而正當你以為「草率了！原來這是古代生物學」就想下結論時，《莊子》居然又冷不防的給你來一記物理大補帖！

重點是，你看完《莊子》這一大段的描述之後，壓根兒不會感覺到自己學了什麼自然科學，還以為自己在上國文的誇飾、排比、映襯等修辭技巧呢！

各位讀者，有沒有似曾相識的感覺？這不正是現代教育吵得沸沸揚揚的「跨領域教學」嗎？

所以說，當你看《莊子》這本書的時候，千萬不要被看起來簡單明瞭的寓言、讀起來優雅浪漫的文辭給誤導了。

一個不小心，你的智商就被砸在地上來回碾壓了呢！

卮言、重言、寓言——不折不扣的跨領域教學

等等，有沒有搞錯？我們的智商居然會被兩千五百多年前的古人碾壓？怎麼可能！這不是在藐視現代人類的教育程度跟知識水平嗎？

好，就算是拿出了「浮力」這種七年級的物理來討論，但這世界上哪來的「水空」兩棲生物？

假如不是超級巨大的水空兩棲生物，那還能有什麼其他的可能性嗎？例如……

「鯤」跟「鵬」，其實根本就不是生物？

我的老天鵝！這是在開玩笑的吧？都兩千多年了，如果「鯤」跟「鵬」不是生物的話，難道會沒有人發現？不可能！

各位讀者別急！鼎鼎大名的２D偵探福爾摩斯曾經說過：「**排除一切不可能的，**

剩下的即使再怎麼難以置信，那也是真相。」讓我們跳脫一下，先把什麼巨大不明生物放在一邊……

請問你見過「彩虹」嗎？你知道古人對「彩虹」是抱持什麼樣的看法嗎？

《詩經．鄘風．蝃蝀》：「蝃蝀在東，莫之敢指。」「蝃蝀」是什麼呢？就是「彩虹」。為何說「莫之敢指」呢？因為人們畏懼它。

奇怪，「彩虹」有什麼可怕的！不就是一個自然現象嗎？

你有沒有想過，明明是自然現象，「虹」這個字為什麼是「虫」部呢？

這就代表古人在造字時，認為「虹」是一種生物。在殷墟出土的中骨文中，「虹」是一個象形字，也就是活生生一隻雙頭龍的圖案。

「雙頭龍」？哇啊！聽起來怪可怕的，難怪古人會畏懼牠了！那這雙頭龍吃人嗎？東漢劉熙在《釋名．釋天》說「虹」：「其見每於日在西而見於東，啜飲東方之水氣也。」就連北宋沈括的《夢溪筆談》，也說「世傳虹能入溪澗飲水，信然」，可見古人認定彩虹這種「生物」只喝水。啊，幸好，這種雙頭龍只喝水，不吃人……不對啊！彩虹就是一種光的折射，它只是大自然界中的一種現象，根本不是生物，當然也就不可能吃人啦！你看看，古人多無知啊！

才怪！古人才不無知呢！**古人可是儘量用有限的詞彙，去表達感官所體驗到的事物啊！**

你想想，《莊子》為什麼會這麼認真探究「鯤」跟「鵬」這兩種生物生存所需的浮力呢？這正是因為道家的核心思想就是「道法自然」，也就是從觀察大自然的現象，去了解現象背後運作的真理。

換句話說，**你以為《莊子》的「卮言」、「重言」和「寓言」是在「胡說八道」嗎？其實這本書真的是「一本正經」到極點了呢！**

所以，就讓我們大膽的舉一反三吧！例如，「鯤」跟「鵬」，如果不是巨大的兩棲生物，而是跟「虹」一樣，也是自然現象？……

從人造衛星的高度觀察地球，可以在海面上由北往南、綿延數百公里之長的自然現象是什麼？而夏季時，可以有數個臺灣大小的自然現象又是什麼？

相信有些讀者已經恍然大悟了吧！

什麼？你還在黑人問號？難道你還沒感受到來自地理老師的憤怒眼神親切問候嗎？

天師贊曰

地表上目前還找不到第二種水空兩棲的生物，但是《復仇者聯盟》中已經有這種戰艦了唷！

然後祂就死掉了

——《莊子・應帝王・渾沌開竅》

「儵忽幫渾沌開竅之後，渾沌為什麼就死了呢？」

「等你開竅你就懂了……要不要試試看？」

由於《莊子》實在太有趣，因此我們決定同場加映，不惜耗費鉅資、重金禮聘莊子本莊！

莊子（約西元前三六九～前二八六年），子姓莊氏，名周，出生於戰國時代，與春秋時代的老子並稱，是先秦道家的代表，也是各位讀者非常耳熟能詳的人物。但如果不說各位一定不知道，儒家的至聖先師孔子，跟莊子還是遠房親戚喔！

莊子的一生非常精彩，他見證了戰國時代許多知名人物的崛起與殞落：

在他的早年時期，秦孝公任用商鞅、變法圖強，使秦國一躍而成為戰國七雄之一；但由於商鞅堅持「太子犯法，與庶民同罪」，所以太子一繼位，就立刻剷除了商鞅。當時，東方的齊威王則是「不鳴則已，一鳴驚人」，任用孫臏為將，不僅成功「圍魏救趙」，並且在馬陵之戰擊敗魏國。魏將龐涓中伏自盡，才變法成功不久的魏國就此由盛轉衰。

到了莊子的中年，正是縱橫家們憑著三寸之舌四處點火、引發各國熱戰的時期。蘇秦從燕國開始展開巡迴演說，遊說東方各國聯合起來抵禦強秦。秦惠文王任用客卿張儀，以連橫政策破壞六國的合縱聯盟；親齊派的屈原受到牽連，慘遭楚懷王流放。與此同時，跟莊子年紀相當的孟子，則在齊國向齊宣王宣揚王道，還跟淳于髡辯論「男女授受不親」的問題；馮諼也在大約這個時候，進入孟嘗君的門下當食客，準備靠著三窟之計大展身手……

最後，在莊子晚年時，趙國的平原君才崛起不久，齊國的孟嘗君聯合五國大軍攻打自己的母國齊國，壯年的荀子被迫離開稷下學宮。秦將白起則以旋風之姿肆虐各國，山東六國的敗亡之象，已見端倪……

十九世紀德國歷史學家黑格爾曾經說過：「**人類從歷史中學到唯一的教訓，就是人類無法從歷史中學到教訓**。」然而，在那種諸侯之間忙著相互攻伐、併吞，平均每一年要打兩次仗的戰國時代，竟然是中國思想火花迸發得最燦爛的時代！幾乎每個叫得出名號的思想家都是「會走路的搜尋引擎」，張口就能從三皇五帝開始天花亂墜、一路扯到國君們要如何才能稱霸天下。從歷史中學不到教訓？

百家爭鳴的時代，可是把黑格爾的臉打成豬頭了！

道家者流，蓋出於史官——人類靈性的守護者

那麼為何戰國時代會違反西方哲學家的認知、成為思想史上的黃金時代呢？東漢班固便提出了著名的「諸子百家出於王官論」，他認為先秦的諸子百家思想之所以能夠蓬勃發展，是因為：

周天子權力衰微、無力管束諸侯，諸侯們以武力相互征伐。當時各國的國君都有自己的偏好，所以能逢迎國君喜好的各種學術流派使應運而生。每一派都堅持己見，認定自己的學派是最頂尖的，按照國君的需求，以他們學說的精華去迎合國君。[30]

時代的紛亂，反而成了百家爭鳴的養分。正是因為世衰道微，政府的公務員們都被

[30]《漢書・藝文志・諸子略序》：「王道既微，諸侯力政，時君世主，好惡殊方。是以九家之術蠭出並作，各引一端，崇其所善，以此馳說，取合諸侯。」

遺散了，懷有一技之長的知識分子們無事可做，只好想盡辦法迎合各國國君的喜好賣藝（？）求生，形成諸子百家的局面。而諸子中的道家，就是出自於掌管典籍紀錄的「史官」。我們可以這麼說：

道家的思想，正是發軔於時間（歷史事件），而總結於時間（歷史教訓）。

所謂的「道」，是從典籍中看見規律，抽繹出原理，並在生命中實踐。所以道家學說的內容，並不只侷限於思考人類在東周時期如何從生存遊戲中勝出，而是探究不論何時何地都能超越時空限制、提升全體人類靈性的方法。

因此道家的人物不像其他流派，他們不需四處推銷自家的哲學，而是默默著書立說，悄悄的在歷史舞臺上現身，又揮揮衣袖、不帶走一片雲彩地消失無蹤。因為人類的壽命有限，但「文字」卻是能夠跨越時空限制的載體。所以只要有作品流傳後世，道家的學者們就能永遠隱身在時代潮流之下，以他們敏銳的思維，傳達看似虛無飄渺、實則我們日用而不知的常道。

儵與忽時相與遇於渾沌之地——忘恩負義的謀殺案

現在你該恍然大悟、明白《莊子・天下》中為什麼會說「以天下為沉濁，不可與莊語」了！實在是因為戰國時代的人心太混濁、世局太詭譎、政治太黑暗啊！所以他不想賣弄唇槍舌劍，對榮華富貴也不屑一顧。他深知「年壽有時而盡，榮樂止乎其身」[31]的道理：你看，各家學者到處周遊列國，說服國君採用他們的學說，結果怎樣了？

有哪一個人能永享榮華富貴？又有哪一個國君真的活到萬歲了？

但是著書立說卻不同，它是「經國之大業，不朽之盛事」[32]，不須憑藉顯貴的身分地位或史官的春秋之筆，就能將自己的胡說八道永恆不變的真理流傳於後世。

問題是，人類的壽命就是這麼短短幾十年而已，我們真的有辦法去感受、理解「永

---

[31] 語出曹丕〈典論論文〉。

[32] 同前注。

恆」這個名詞的意義嗎？

於是，為了讓你能深刻地了解「永恆」與「剎那」這兩個相對的時間概念，《莊子．應帝王》中講述了這麼一個藐視常人智商的故事：

南海之帝名叫儵（即「倏」），北海之帝名叫忽，中央之帝則名為渾沌。儵與忽時常去渾沌所住的地方打擾，渾沌也對祂們很好。兩人商量著要怎麼報答渾沌的恩德，於是說道：「只要是人都有七竅：兩個眼睛可以用來看世界，兩隻耳朵能用來聽聲籟，一個嘴巴可以品嚐食物，兩個鼻孔可以呼吸生息。這七個孔竅這麼有用處，渾沌卻一個都沒有，我們試著為祂開鑿吧！」祂們就幫渾沌開竅，一天一個，到第七天，七竅鑿好了，而渾沌也死掉了。[33]

[33]《莊子．應帝王．渾沌開竅》：「南海之帝為儵，北海之帝為忽，中央之帝為渾沌。儵與忽時相與遇於渾沌之地，渾沌待之甚善。儵與忽謀報渾沌之德，曰：『人皆有七竅以視聽食息，此獨無有，嘗試鑿之。』日鑿一竅，七日而渾沌死。」

喔不！我的兄弟福爾摩斯！這很明顯是個忘恩負義的謀殺案啊！

哦，是這樣嗎？我親愛的華生老兄！不是光用眼睛「看」就能稱為「觀察」喔！「看」跟「觀察」是有很大的區別的！

首先，故事中出現的人物，表面上有三位，實際上只有兩個。其次，渾沌並不是因為開了七竅然後就死掉了。

正確來說，祂根本沒死。

人皆有七竅以視聽食息——我是誰？我在哪兒？我做了什麼？

拜託！眼睛就是用來看世界的，就算看不清楚，也還有眼鏡可以輔助好嗎！《莊子》原文明明就說「南海之帝為儵，北海之帝為忽，中央之帝為渾沌」，怎麼看就是三個人物啊！

你是「看」了，但你沒仔細「觀察」——你忽略了你「沒注意到」的訊息。

人物是三個沒錯，但這只是文字魔術師使出的障眼法。因為「儵」跟「忽」其實不是指「人」，而是指「時間」。

各位只要查查字典，就知道「儵」跟「忽」的本義都有「快速的」、「瞬間的」意思。這兩個字加起來可以組成一個詞「倏忽」——意思就是「忽然」，也就是指非常短暫的時間。

「倏忽」存在於「南海」和「北海」，這是什麼意思呢？這就是生物的兩個特性：**占有空間（形體），具有時間（生命）。**

生物的特性是「占有空間」，這個道理比較容易明白。《老子．四十章》不也說嗎？「天下萬物生於有，有生於無」，翻譯成白話，就是指「『空間（無）』可以讓『形體（有）』存在」。

那麼生物「具有時間」的特性要怎麼理解呢？

法國導演盧貝松就曾在電影《露西》中揭示了這個哲學：如果你把一輛車加速到無限，你就會看不到那輛車。那要怎麼證明這輛車曾經存在呢？只有把畫面「定格」。

但我們見到的世界，並不是「定格」的，而是「時時刻刻」一直不斷在變動的。這是因為我們的大腦會將一格一格的畫面，經過眼睛「視覺暫留」的處理，連貫成有意義的「記憶」。而大腦再將這些一段又一段的記憶連貫起來，就成了我們以為的「生命」——當然，如果你要辯論病毒或藍綠藻有無記憶，那就要另外請教其他專家了。

那麼「記憶」到底有多重要呢？舉個例子來說，如果這世界上每個人都像失憶症患者一樣沒有記憶，你可以「想像」世界將會變得如何嗎？

對不起，你不能。

因為你沒有之前的「記憶」，你看這個世界永遠都會是新鮮的、陌生的、無法預料的，也就無從想像世界在未來**將會變得如何**。用中文說你可能會不太明白，但是剛才的問題如果用英文翻譯，需要用到過去式、未來式等時態變化時，你對「時間」的感受就會更深刻了！

所以說，如果沒有「事件」——例如自然的寒暑燥熱、情緒的喜怒哀樂——供你參照，人就無法認識這個世界，你就無從知道「我是誰」。

而如果沒有對事件的「記憶」，世界對人也無法產生意義。就算每天都經過同一地

點、做同一件事，沒有記憶的你永遠都不會知道「我在哪兒」、「我做了什麼」。

現在，你懂了嗎？

日鑿一竅，七日而渾沌死——薛丁格的貓

現在，你懂了吧！

人類認識世界的起點，就是你的「七竅」。

經由「七竅」認識世界，產生了種種「事件」。

把「事件」記在腦海裡，就叫做「記憶」。

而將「記憶」記錄下來，就是「歷史」。

負責記錄「歷史」的人，就是「史官」。

將「史官」的領悟——也就是「一切都是幻覺、嚇不倒我的」——寫成文字、變成哲學思想、傳達給後世的，就是「道家」。

因此，「渾沌開竅」的故事，並不是什麼謀殺案喔！「日鑿一竅」的意思，就是藉由「倏忽」（也就是時間）以及「七竅」（感官），讓無始無終的「中央之帝渾沌」能夠「認識」這個世界的方法啦！

等等，好像哪裡怪怪的？渾沌不是有了七竅就死掉了嗎？同理，我有七竅，所以我也會死。這是不是在說……

有了感官，等於注定了我會死亡？

怎麼？你會死，這是什麼天大的新鮮事嗎？你第一天知道？

當然不是。

你只是不知道你的死，居然會跟你的感官有這麼密切的關係！

不只是你，南海之帝儵，北海之帝忽，中央之帝渾沌，祂們也不知道。

一切就有如量子力學中著名的思想實驗「薛丁格的貓」一樣：在箱子裡的貓，只要你沒有打開箱子，你就無法確知牠的死活。一旦你打開箱子，你才能知道牠是死是活——這是不是跟告白很像？

沒有七竅的渾沌，祂的存在就是「**不生不死**」、「**既生且死**」。等到祂有了七竅，祂才知道什麼是「**死亡**」，因而進入了《莊子．齊物論》中提到的「**方生方死，方死方生**」這種狀態，所以「**日鑿一竅，七日而渾沌死**」。

太可怕了！原本無始無終、完全沒有時間感的渾沌，居然在倏忽之間、短短七日之內就死掉了！

不，你又錯了！

還記得我們前面提到的嗎？生物的兩個特性，是占有空間（形體），和具有時間（生命）。渾沌是「**中央**」之帝，祂無疑是占有空間的。然而，祂原本並不知道「時間」為何。

這就是說，渾沌本來就不是一個具有時間（生命）的生物。現在，祂只不過是在「短暫的時間」裡，認識了這個世界，體會到何謂「**生命**」而已。

「**儵與忽時相與遇於渾沌之地**」這一句，是指短暫的時間（儵與忽）加上空間

（相與遇於渾沌之地）。換句話說，這不過是對人類生命過程——出出生到死亡——的極簡描述而已。

既然是我們的生命只能存在於「短暫的時間」，那麼我們的消逝不見、回歸渾沌，也不過是必然的結果。一旦「儵」、「忽」二帝離開了中央，回到祂們所住的「南海」和「北海」，渾沌也就感受不到「時間」了！「死亡」對祂而言，從來就沒有任何意義。換句話說，只要沒有時間，「渾沌」還是箱子中那隻你不知是死是活的貓。

然後，回到了南海與北海的「儵」與「忽」，祂們會時不時的在「渾沌」之地「中央」相遇，為了能讓「渾沌」更加了解世界這個廣闊的空間中到底有多少的事件可以發生、有多少悲歡離合的記憶可以留存，祂們將一再的報答「渾沌」……

為你開竅。

天師贊曰

死亡並不可怕，可怕的是你沉溺在感官帶來的幻象中而無法自拔！

渾沌被開竅是出於必然，而祂的死亡也不是偶然？

關於本則內容，歷來的解釋是循道家無為而治、順應自然的思想去開展，認為儵、忽為渾沌開七竅的做法是干預自然。然而，渾沌並沒有阻止儵、忽為祂開竅，可見對渾沌而言，開竅這件事也屬於自然，是本來就會發生的事，祂只是「順應自然」而已。

此外，這則故事很容易引起讀者的驚懼，無法理解渾沌為何有了五官後，居然就在短時間內死亡了？

事實上，「死」的本質就是一種時間觀念。而渾沌原本就超越時間、空間，沒有生死的概念，儵、忽自然也就無從干預祂的生死。儵、忽為渾沌開竅，表面上看來，是賦予了祂形體（空間）與生命（時間），讓祂能藉由五官去感知、了解世界；實際上，這是限縮了原本無限的渾沌，使祂成為有限的存在。原本天下所有的事物都在祂自身中，當祂只能用生命去認識世界時，就會變成受限於感官作用，能體驗到的範圍反而變得極度受限。而正由於「生命」這種認識世界的形式是時間（儵、忽）所賦予的，非常短暫，因此，渾沌在獲得生命的同時，就注定了死亡的命運。

然而渾沌的死亡，只是解除了祂所受到的限制，讓祂回歸到沒有時空限制、也就是無限的狀態。所以說，儵、忽的回報對渾沌的存在本身而言，其實沒有任何的增減：渾沌不會因為得到生命而歡欣鼓舞，也不會因為死亡而恐懼悲傷。只不過我們身為人類，以生為大事，視死為畏途，所以才會大驚小怪罷了！

重點劃好劃滿！揭開本文的背後意涵

出於無知，我們就像儵、忽一樣，將短暫的生命看作至寶，將喜怒哀樂、悲歡離合視為一切。但如果我們能超越生死，不受感官限制，那麼我們將會明白自己的本質就是渾沌，亦即無始無終、無憂無懼的狀態。換句話說，生亦何歡，死亦何懼？生命只是倏忽之間的事罷了，而我們認為自己永遠不可能觸及的「永恆不朽」的狀態，才是我們真正的本來面目。

莊子開釋！無知的人有福了！

知識，不僅倚賴生命這個載體，還倚賴時間去積累與傳遞。沒有生命，知識無法顯化；沒有時間，知識無法連貫。

然而道家的「自然」卻是一種「無知」的狀態，而這個狀態充滿一切可能性。老子認為：「為學日益，為道日損，損之又損，以至於無為，無為而無不為」。意思就是要復歸於「沒有時間」的「無知」，也就是「超越感官認識」的「真知（智）」。

這種無知、真知並不是人類以為的無知，因為除非你把五官全部破壞，否則要完全無知其實非常困難。而且如果道家主張的「無知」是人類以為的定義，那麼老莊就不需要留下典籍。道家的「無知」指的是沒有固定、特定答案、制式反應（如封建、禮治、法治），充滿所有可能性的、包容一切、無法預料的狀態。這種無知可供想像力盡情地馳騁，到達無外的至大，乃至於無內的至小，也就是量子力學。

由於這種「無知」超越時空，而一般人類只能「活在現在」，只能知道現在發生的事，頂多能藉由歷史知道「過去」，因此這種超越時空限制的「無知」中關於「未來」的部份，對於當時的人來說，就會變得無法理解。而這就是大多數人無法看懂道家學說的原因。

古文的多重宇宙

東床快婿

郗太傅❶在京口❷，遣門生與王丞相❸書，求❹女婿。丞相語郗信：「君往東廂❺，任意選之。」門生歸，白郗曰：「王家諸郎，亦皆可嘉，聞來覓婿，咸自矜持❻；唯有一郎，在東床❼上坦腹食，如不聞。」郗公云：「正此好。」訪之，乃是逸少❽。因嫁女與焉。

（《世說新語・雅量第六》）❾

〔天師曰〕

❶指郗鑒（西元二六九～三三九年），字道徽，東晉軍事家，歷仕元帝、明帝、成帝三朝。出身寒門，於討平王敦、蘇峻之亂有功，並協助調和王導與其他世族之間的矛盾。

❷今江蘇鎮江，為六朝時期長江下游的軍事重鎮，土地貧瘠，地廣人稀。東晉時與五胡接壤，郗鑒在此以流民建立了北府兵，成為抵禦外族侵擾的北方重鎮，後北府兵亦為東晉朝廷對抗內部亂事的重要兵力。

❸即王導（西元二七六～三三九年），字茂弘，出身瑯琊王氏，為東晉世族最高門第，與郗鑒同樣歷仕元帝、明帝、成帝三朝。由於作風寬厚，先後引起世族庾亮以及寒門將領陶侃等人的不滿，意欲起兵討伐，然皆因親家郗鑒的大力反對而不了了之。

❹「求」字反映出郗鑒門第低於王家。

❺正房東側的房屋。在三合院、四合院中，正房等級最高，東廂次之，西廂最低，二者在尺度、工料、裝修等上也依級別而有所不同。通常長輩住正房，晚輩住廂房。

❻郗鑒門生以「可嘉」、「矜持」等「似褒實貶」的評價，委婉表達王家子姪不想成為郗家女婿的推辭之心。

❼此指東廂房內可供休憩坐臥的家具。

❽王羲之（西元三〇三～三六一年），字逸少，王導之姪，世稱「王右軍」。為東晉著名書法家，有「書聖」之稱。

❾雅量，指面對突發狀況或身處逆境時，所採取的行為與應對的方式能夠超出常人。由於《世說新語》的門類編排是「先褒後貶」，本則歸入「雅量第六」而非「任誕第二十三」，可知《世說新語》的編者認為「坦腹食」的舉動並非傲慢無禮的任誕行為，對於王羲之願意自貶門第與郗家結親，為了東晉政局穩定著想而犧牲仕途，給予了高度的肯定與評價。

桃花源記

晉太元中，武陵①人，捕魚為業，緣溪②行，忘路之遠近。忽逢桃花林③，夾岸數百步④，中無雜樹，芳草鮮美，落英繽紛⑤。漁人甚異之⑥，復前行，欲⑦窮其林。林盡水源⑧，便得一山。山有小口，彷彿若有光⑨。便捨船，從口入。

初極狹，纔通人⑩，復行數十步，豁然開朗。土地平曠，屋舍儼然，有良田、美池、桑、竹之屬，阡陌交通，雞犬相聞。其中往來種作⑪，男女衣著，悉如外人；黃髮垂髫，並怡然自樂⑫。見漁人，乃大驚⑬，問所從來，具答之⑭。便要還家，設酒、殺雞⑮、作食。村中聞有此人，咸來問訊⑯。自云先世避秦時亂⑰，率妻子邑人來此絕境，不復出焉，遂與外人間隔。問今是何世，乃不知有漢，無論魏、晉！此人一一為具言所聞，皆嘆惋。餘人各復延至其家，皆出酒食⑱。停數日⑲，辭去。此中人語云：「不足為外人道也⑳。」

既出，得其船，便扶向路，處處誌之。及郡下，詣太守，說如此㉑。太守即遣人隨其往，尋向所誌㉒，遂迷不復得路。

南陽劉子驥㉓，高尚士也，聞之，欣然規往。未果，尋病終。後遂無問津者㉔。

（《陶淵明集．桃花源記》）

【天師曰】

❶ 郡名，範圍涵蓋現今的湖南、湖北、貴州、四川、廣西等地。狹義的武陵指現今的湖南常德，氣候屬於副熱帶季風氣候，地質屬於石英砂岩，顏色偏淡，以盛產金剛石、桃花石聞名。

❷ 應為武陵所屬的洞庭湖水系，位於沅水下游或澧水中游。

❸ 桃花是三月花神，春天的代表性植物。耐寒旱，不耐溼。樹齡十到四十年不等。一朵花約可開三至五天，桃花林整體花期約十天。桃子有延年益壽之效，故常為祝壽之用。此外，先秦時期的楚文化與桃息息相關，而武陵郡在戰國時代就是楚國領土，常被秦國侵擾，與後文的「先世避秦時亂」相互呼應。

❹ 這片桃花林光是在岸邊的直線距離就綿延了數百公尺之遠，估計其占地面積一定更為廣大。

❺ 「中無雜樹」表示這片桃花林是人為栽種。「芳草」二句，先寫岸邊近景，再寫視野所見之全景。兩句合起來為對偶修辭，芳草對落英，皆為「草」部。鮮美對繽紛，前者皆從「羊」字，後者皆為「糸」部。

❻ 表示漁人對眼前桃花盛放的景象感到驚詫。從漁人的反應來倒推，很有可能季節並非在春天。

❼ 「欲」字反映出漁人的求知欲強、好奇心重，推測可能並非一般的庶民百姓。

❽ 能尋到水源，表示漁人必定是逆流而上，並且可以推知季節為水量較少的初冬之際，呼應了「漁人甚異之」。

⑨以「彷彿」、「若」來形容，表示洞口所發出的光是若隱若現的閃光，而這樣的閃光是石英砂岩折射日光所形成的現象。

⑩山洞恰好僅容一人通過，推測很有可能是人為開鑿。

⑪武陵為副熱帶季風氣候，地處二穫區，春夏秋可種一期稻作，冬天則種一期蔬菜以恢復地力。不用「耕（田）」而用「種（菜）」，表示季節確實為冬天，呼應前文「林盡水源」，也證明「漁人甚異之」的「異」是指對桃花錯期開放感到詫異。

⑫《孟子．梁惠王上》：「如果能夠讓百姓依照時令耕作，就有足夠的糧食可供享用。不用細密的漁網去過度捕撈，就有魚鱉這類營養的食物可以享用。按照樹木生長的季節去砍伐，就有足夠的木柴可供使用。有足夠的糧食和魚鱉可以飽食、有足夠的木柴可供日常生活所需，那就是讓百姓從剛出生時所要用到的搖籃、一直到人死時所舉辦的葬禮，他們的一生所需都可以沒有缺憾不足。人民一生所需都沒有缺憾不足，這就是『王道』的開端。五畝的田宅，能夠有地方種植桑樹，那五十歲以上會畏寒的老人家就可以穿上足夠保暖的衣物了！雞鴨狗豬這些家禽、家畜可以按時生養，那麼，七十歲以上的長者就可以吃到肉食以滿足口腹之慾。按照周代井田制度，百畝大小的田地，不要任意徵召男丁去打仗，不要剝奪人民按季節耕種的農

時，那麼一家老小都可以過著不會飢餒受凍的日子。每個地方政府都能推行教育，教導人民孝順父母、友愛兄弟，那麼上了年紀、頭髮斑白的老人家就不用為了維持生計，還得在路上辛苦的背著重物工作了！能讓七十歲以上的老人吃得飽、穿得暖，以及一般的平民可以不挨餓、不受凍，這樣都還不受人民愛戴而稱王的，從來沒有聽說過！」關於〈桃花源記〉，一般認為是在描述《老子．八十章》小國寡民的理想社會。然而綜合以上來看，桃花源內的景象近乎完美的符合《孟子．梁惠王上》的所有細節，更有可能是孟子「王道之治」的具體呈現。

⑬ 村民僅從視覺上的「見」字便感到極度驚訝，可見村民是從外表上，也就是服裝打扮的不同，而分辨出漁人為外來者。

⑭ 漁人與村民可以順利對答，表示兩方語言相通。

⑮ 按照《孟子．梁惠王上》的敘述，平民百姓日常的肉食來源是魚鱉、雞豚，而桃花源內確實有美池，也能聽到「雞犬相聞」，可見桃花源裡的人民的生活的確是「俎豆猶古法，衣裳無新制」。

⑯ 由本句可見村民跟漁人一樣，都是好奇心重、求知欲旺盛的人。

⑰ 一世為三十年，自秦至東晉，已歷經近六百年，故可推知先世大約是二十世之前的祖先。秦時亂，指秦末

群雄並起的動亂，一說為「前秦」。由於武陵位處地理要衝，在戰國時代便已是秦、楚必爭之地，可知村民的祖先自戰國至秦末約兩百年間皆飽受戰亂之苦，不得已才會離鄉背井，來到與世隔絕的桃花源。

⑱ 可推知肉食對村民而言也是一種奢侈，僅在初次招待漁人時才能享用。

⑲ 由於單朵桃花開放三到五天，而桃林盛放的期間約十天。漁人進入桃林時，桃花已經是「落英繽紛」的狀態，亦即至少開花超過三天。而離開時，桃花尚未完全凋謝。因此「數日」應當不超過五日。

⑳ 村民特地提醒這句話，表示以前可能也有人進入過桃花源，而村民對此其實已有了應對之策，才能確實做到「與外人間隔」。

㉑ 連用三個短句，可知漁人想要回到武陵郡的心情非常急切。而漁人輕易就能「一一為具言所聞」，並且可以立即「詣太守」，說明他並非普通平民，而是受過良好教育的世族子弟。

㉒ 由本句可知，記號其實都還在，但位置卻不對了，也就是遭人改換，所以才導致「遂迷不復得路」。

㉓ 生平事跡見《晉書．隱逸列傳》，是陶淵明的遠房親戚，生卒與晉武帝的年號太元相同，曾入衡山採藥，訪仙而不遇。

㉔ 問津者，此指尋訪桃花源的人。推測是找到桃花源的人都記取了漁人的教訓，隻身進入之後就再也不離開，所以也就不會有相關的消息流傳於世。

小康之治

今大道❶既隱，天下為家❷，各親其親，各子其子❸，貨力為己❹，大人世及以為禮，城郭溝池以為固，禮義以為紀。以正君臣，以篤父子，以睦兄弟❺，以和夫婦❻，以設制度，以立田里❼，以賢勇知，以功為己。故謀用是作，而兵由此起❽。禹、湯、文、武、成王、周公，由此其選也。此六君子者，未有不謹於禮者也。以著其義❾，以考其信❿，著有過⓫，刑仁講讓⓬，示民有常⓭。如有不由此者，在埶者去⓮，眾以為殃。是謂「小康」⓯。

（《禮記‧禮運‧小康》）⓰

〈天師曰〉

❶即「德治」，指「大同之治」時期「天下為公」的政治制度。

❷與「大同之治」的「天下為公，選賢與能，講信修睦」相對，指的是「家天下」不再像「公天下」時期以個人的德行才智為統治者的選拔標準，而是施行以血緣為繼承標準的世襲制度。在此制度下，在上位者能遵行禮制、在下位者能有所依歸的時期，稱為「小康之治」。

❸與「大同之治」的「人不獨親其親，不獨子其子」相對，指的是在「家天下」的制度下，在上位者都只親近、愛護自己的家人。第一個「親」、「子」做動詞，第二個「親」、「子」為名詞。因為「家天下」是階級分明的政治制度：自天子至庶民，層層統治；自庶民至天子，層層效忠。又由於「家天下」為世襲制度，看重的是在上位者與繼任者之間的血緣關係，因此也就形成了在上位者「各親其親，各子其子」的風氣。

❹與「大同之治」的「貨惡其棄於地也，不必藏於己；力惡其不出於身也，不必為己」相對。貨，財物。力，能力。指的是「家天下」時期，在上位者視土地財物為自己的私有財產，要求在下位者為自己效力。

❺以上三句，指的是確立「嫡長子繼承」的制度，以防範在下位者謀反篡位。

❻本句指的是要求在上位者不得任意廢嫡立庶，防範後宮干政，遵守「立嫡以長不以賢，立子以貴不以長」

的原則。也就是說，在上位者的第一繼承人必定是嫡長子，若正宮夫人沒有子嗣，必須立庶子為繼承人時，則不論庶子們的年紀長幼，一律以母親的出身貴賤為優先選擇的標準。

❼此指以禮義為準則，根據階級高低規範所有的日常生活，包括土地多寡、房舍規模等。所有人都必須嚴守規範、禁止逾越，否則就會被視為以下犯上的「盜竊亂賊」。

❽與「大同之治」的「謀閉而不興，盜竊亂賊而不作」相對。謀，此指篡奪權位的陰謀詭計。

❾此指大禹接受帝舜的禪讓，建立中國歷史上第一個「家天下」的朝代，使禮制的意義得以彰顯於天下。「以著其義」通常譯為「六君子以禮制彰顯人民應當做的事」，一來於古文文法不合，二來與事實有所出入。首先在文法上，「其」在此用以代替前文所出現過的名詞，即「六君子」或「禮」二者之一，與「民」字無關。其次，因為禮制規範的對象是以貴族為主，庶民與貴族所應盡的權利義務差別甚大，所適用的刑罰也有所不同，這一點由《儀禮》的內容主要是以記載士人的禮儀便可得知。而《禮記》是解釋《儀禮》中禮節儀式的緣由及內涵，所以〈禮運〉沒有理由別記三代昭示庶民之禮。由以上兩點可知「其」字不應解為「民」。最後，本文不將「其」字解為「六君子」的原因，是因為解作「禮」字，則從「以著其義」到「刑仁講讓」便能分指六君子對禮制運作的維持與貢獻，使上下文產生時間的連續性，從而完整的體現出

篇名〈禮運〉一詞的意義。

⑩此指商湯滅夏，使得禮制的內容更加完善。商湯以部落首領之姿，出兵討伐夏桀，為中國歷史上第一次的「貴族革命」。這標誌著當初大禹所制定的世襲制度並非千秋萬世、不可變動的。貴族毋須盲從天下共主，若天下共主失德，可以起而推翻，讓禮制重新運作，使亂世重歸太平。由於大禹開創「家天下」時，沒有考量到後代的天子會產生離心離德、眾叛親離的情形，因此「考其信」指的便是商湯的貴族革命解決了世襲所產生的問題，從而使禮制變得符合人性、更加完善。

⑪本句沒有「其」字，與前兩句的句式明顯不同，可知這裡的「有過」不是指「六君子」或是「禮制」。依上下文，本句應指周文王、周武王討伐商紂，是為了彰顯商紂的過失，維持禮制的運作，而非以下犯上、謀朝篡位、大逆不道的行為。

⑫此指在上位者應以「仁愛」為施政準則，對其他親人不可濫權殺伐；而卿大夫們則應當注重推辭、禮讓，不該向在上位者邀功，或是彼此之間互相爭權、奪位。「刑仁」，周成王年幼即位，親政後封國七十一，姬姓國占五十三，使同姓諸侯信服；與其子康王統治期間，曾四十多年不用刑罰，史稱「成康之治」。因此周成王可謂施行仁政的典範。「講讓」，指周公輔佐成王，制禮作樂，鞏固周王朝的統治；在攝政七年

後仍能還政於成王，不藉機奪權、爭位，是講求辭讓的代表性人物。禹、湯、文、武也能稱得上「刑仁」，但是他們開創制度、推翻前朝，顯然不是「講讓」的代表人物，因此用「講讓」一詞盛讚周公之美德。

⑬此指六君子的行為，對庶民顯現了禮制應有的常態：在上位者應當刑仁講讓，如若不然，諸侯可群起攻之。

⑭不依循世襲制度而在位的人，即「得位不當」；不遵守禮義規範的在上位者，即為「暴君」或「亂臣賊子」。貴族可以起兵驅逐、罷黜這些人，或者發動戰爭、推翻暴政，甚至取而代之。

⑮小康之治，指「家天下」的制度下，能謹守禮制的六位君主所在位的時期。由於孔子生逢亂世，便格外讚賞這些開創制度、謹守規範的傑出人物，嚮往能與這六位君主生在同一個時代，故稱這六位君主為「三代之英」，將他們在位的時期稱為「小康之治」。

⑯《禮記》，漢代儒家學者將先秦儒家對《儀禮》的解說集結成書，作為講解《儀禮》時的參考。簡單來說，《儀禮》記載了周代貴族的禮節儀式，規範貴族們的日常生活、人際互動的方式，亦即規定他們「該怎麼做」；而《禮記》則解釋這些禮節儀式的內涵，也就是「為何要這麼做」。〈禮運〉篇，藉由孔子與言偃的對話，說明自上古時期以來「禮」的起源、發展與運作。〈小康〉章，講述夏、商、周三代所施行的制度，即以「家天下」為世襲原則的封建制度。

虬髯客傳

隋煬帝之幸江都①也，命司空楊素守西京②。素驕貴，又以時亂，天下之權重望崇者，莫我若也，奢貴自奉，禮異人臣。每公卿入言③，賓客④上謁，未嘗不踞床而見，令美人捧出，侍婢羅列，頗僭於上。末年⑤益甚，無復知所負荷、有扶危持顛之心⑥。

一日，衛公李靖⑦以布衣來謁，獻奇策⑧，素亦踞見之。靖前揖⑨曰：「天下方亂，英雄競起，公為帝室重臣，須以收羅豪傑為心，不宜踞見賓客⑩。」素斂容而起，與語大悅，收其策而退。

當靖之騁辯也，一妓有殊色，執紅拂⑪，立於前，獨目靖。靖既去，而拂妓臨軒，指吏問曰：「去者處士第幾？住何處？」吏具以對⑫，妓頷而去。

靖歸逆旅，其夜五更初，忽聞扣門而聲低者，靖起問焉。乃紫衣戴帽人，杖揭一囊⑬。靖問誰。曰：「妾楊家之紅拂妓也。」靖遽延入。脫衣去帽，乃十八、九佳麗人也。素面華衣而拜。靖驚答拜。曰：「妾侍楊司空久，閱天下之人多矣，未有如公者⑭。絲蘿非獨生，願託喬木，故來奔耳。」靖曰：「楊司空權重京師，如何？」曰：「彼屍居餘氣，不足畏也。諸妓知其無成，去者眾矣，彼亦不甚逐也。計之詳矣，幸無疑焉。」問其姓，曰：「張。」問伯仲之次⑮。曰：「最長。」觀其肌膚儀狀、言詞氣性，真天人也。靖不自意獲之，益喜懼，瞬息萬慮不安，而窺戶者足無停屨⑯。既數日，聞追訪之聲，意亦非峻。乃雄服乘馬⑰，排闥而去，將歸太原⑱。

行次靈石旅舍。既設床⑲，爐中烹肉且熟，張氏以髮長委地，立梳床前。靖方刷馬⑳，忽㉑有一人，中形，赤髯而虬，乘蹇驢而來，投革囊於爐前，取枕欹臥，看張氏梳頭。靖怒甚，未決，猶刷馬㉒。張氏熟觀其面，一手握髮，一手映身搖示靖，令勿怒㉓。急急梳頭畢，斂袂前問其姓。臥客曰：「姓張。」對曰：「妾亦姓張，合是妹㉔。」遽拜之。問第幾。曰：「第三。」問妹第幾。曰：「最長。」遂喜曰：「今日多幸㉕遇一妹。」張氏遙呼曰：「李郎，且來拜三兄。」靖驟拜之，遂環坐㉖。曰：「煮者何肉？」曰：「羊肉㉗，計已熟矣。」客曰：「飢甚。」靖出市胡餅㉘。客抽匕首，切肉共食。食竟，餘肉亂切送驢前食之，甚速[29]。客曰：「觀李郎之行，貧士也。何以致斯異人[30]？」曰：「靖雖貧，亦有心者焉[31]。他人見問，固不言[32]。兄之問，則無隱矣。」具言其由。曰：「然則何之？」曰：「將避地太原耳。」客曰：「然，吾故疑[33]非君所能致也。」曰：「有酒乎？」靖曰：「主人西則酒肆也。」靖取酒一斗。酒既巡，客曰：「吾有少下酒物，李郎能同之乎？」靖曰：「不敢。」於是開革囊，取出一人頭并心肝，卻收頭囊中，以匕首切心肝，共食之。曰：「此人乃天下負心者也，銜之十年，今始獲，吾憾釋矣[34]。」又曰：「觀李郎儀形器宇，真丈夫也[35]。亦知太原有異人乎[36]？」曰：「嘗見一人，愚[37]謂之真人，其餘將相而已[38]。」「其人何姓？」曰：「靖之同姓。」曰：「年幾？」曰：「近二十。」

曰：「今何為？」曰：「州將之愛子39也。」曰：「似矣，亦須見之。李郎能致吾一見否？」曰：「靖之友劉文靜者與之狎40，因文靜見之可也41。兄欲何為42？」曰：「望氣者言太原有奇氣，使吾訪之。李郎明發，何時到太原？」靖計之，曰：「某日當到。」曰：「達之明日方曙，候我於汾陽橋。」言訖，乘驢而去，其行若飛，迴顧已遠。靖與張氏且驚懼43，久之，曰：「烈士不欺人，固無畏。」促鞭而行44。

及期，入太原候之，相見大喜，偕詣劉氏，詐謂文靜曰：「有善相者思見郎君，請迎之。」文靜素奇其人，方議論匡輔，一旦聞客有知人者，其心可知，遽致酒延焉45。既而太宗至，不衫不履，裼裘而來46，神氣揚揚，貌與常異。虯髯默居坐末，見之心死。飲數巡，起招靖曰：「真天子也㊼！」靖以告劉，劉益喜，自負。既出，而虬髯曰：「吾見之，十八、九定矣，亦須道兄見之。李郎宜與一妹復入京，某日午時，訪我於馬行東酒樓下，下有此驢及一瘦騾，即我與道兄俱在其所也，到即登焉。」公到，即見二乘。攬衣㊽登樓，即虬髯與一道士方對飲。見靖驚喜，召坐，環飲十數巡。曰：「樓下櫃中有錢十萬㊾，擇一深隱處駐一妹畢，某日復會我於汾陽橋。」

如期至，即道士與虬髯已到矣，俱謁文靜。時方弈棋，揖起而語心焉，文靜飛書迎文皇看棋。道士對弈，虬髯與靖旁立為侍者㊿。俄而文皇來，長揖而坐，神清氣朗，滿坐風生，顧盼煒如也51。道士一見慘然，下棋子曰：「此局輸矣！

輸矣！於此失卻局。奇哉！救無路矣！復奚言！」罷弈請去[52]。既出，謂虬髯曰：「此世界非公世界也，他方可圖[53]。勉之，勿以為念！」因共入京[54]。虬髯曰：「計李郎之程，某日方到。到之明日，可與一妹同詣某坊曲小宅。媿[55]李郎往復相從，一妹懸然如磬，欲令新婦祗謁，略議從容[56]，無前卻也。」言畢，吁嗟而去[57]。

靖亦策馬遄征，俄即到京。與張氏同往，乃一小板門。扣之，有應者拜曰：「三郎令候一娘子、李郎久矣[58]。」延入重門，門益壯麗。奴婢三十餘人羅列於前，奴二十人引靖入東廳。廳之陳設，窮極珍異，巾箱妝奩、冠、鏡、首飾之盛，非人間[59]之物。巾妝梳櫛畢，請更衣，衣又珍奇。既畢，傳云：「三郎來！」乃虬髯者，紗帽裼裘，有龍虎之姿[60]。相見歡然，催其妻出拜，蓋亦天人也。遂延中堂，陳設盤筵之盛，雖王公家不侔也。四人對坐，牢饌畢陳，女樂二十人，列奏於前，似從天降，非人間之曲度[61]。食畢，行酒。而家人自西堂舁出二十床，各以錦繡帕覆之。既呈，盡去其帕，乃文簿鑰匙耳。虬髯謂曰：「盡是珍寶貨泉之數，吾之所有，悉以充贈。何者？某本欲於此世界求事[62]，或當龍戰三、二十載，建少功業。今既有主，住亦何為[63]？太原李氏，真英主也！三五年內，即當太平。李郎以英特之才，輔清平之主，竭心盡善，必極人臣。一妹以天人之姿，蘊不世之藝[64]，從夫而貴，榮極軒裳。非一妹不能識李郎，非李郎不能遇一妹。聖賢起陸之漸，際會如期，虎嘯風生，龍騰雲萃，固當然也[65]。將余之贈，以奉真主，贊功業，勉之哉！此後十餘年，東南數千里外有異事，是吾得志之秋也。一妹與李郎可瀝酒相賀。」顧謂左右曰：「李郎、一妹，是汝主也！」言畢，與其妻戎裝乘馬，一奴乘馬從後，數步不見。

靖據其宅，遂為豪家，得以助文皇締構之資，遂匡大業[66]。

貞觀中，靖位至僕射[67]。東南蠻奏曰：「有海賊以千艘，積甲十萬人，入扶餘國[68]，殺其主自立，國內已定。」靖知虯髯成功也，歸告張氏，具禮相賀，瀝酒東南祝拜之。

乃知真人之興，非英雄所冀，況非英雄乎？人臣之謬思亂，乃螳臂之拒走輪耳。我皇家垂福萬葉，豈虛然哉[69]！或曰：「衛公之兵法，半是虯髯所傳也⑦⑩。」

（《太平廣記·卷一百九十三·虬髯客》）

〔天師曰〕

❶隋煬帝，即楊廣（西元五六九～六一八年），隋文帝楊堅的次子，唐高祖李淵的表弟。幸，帝王親臨。江都，即今江蘇揚州，隋煬帝在位時，曾於大業元年、六年、十二年三次遊幸江都。

❷司空，即司工，西周時設置，僅次於三公之下，掌水利、營建、工程，漢代以後漸為虛銜。楊素（西元五四四～六〇六年），隋代開國功臣，大業二年因功高震主而病死。楊素曾經參與東都洛陽的建造，但從未擔任過司空。西京，與東都洛陽相對，指隋朝首都大興。

❸公卿入言，由於隋煬帝遊幸江都，國事委託給楊素代管，因此朝廷大臣就必須到楊素府上商討國事。

❹賓客，門閥世族所豢養的食客，包括想趁亂世一展抱負的能人異士，或者雞鳴狗盜、趨炎附勢之徒。

❺末年，指隋煬帝末年。由於隋煬帝共三幸江都，因此本文的故事背景應當發生在第三次遊幸江都、即大業十二年以後。

❻楊素為天下重臣，卻無扶危持顛之心，這就表示他正坐等隋煬帝氣數用盡，直接取而代之。

❼衛公，貞觀十一年，唐太宗封開國功臣李靖為衛國公。由於作者是唐朝人，因此特意冠上李靖的封號以示尊重。李靖（西元五七一～六四九年），隋末唐初名將，唐太宗凌煙閣二十四功臣之一。正史上的李靖出

身「五姓」之一的隴西李氏，連李淵起義時，都宣稱自己出身隴西李氏，以高攀門第。

❽此處暗示李靖胸懷大志，有輔佐明君統一天下的才能與企圖。

❾揖，平輩相見之禮，此舉有藐視楊素尊貴身分的意思。

❿李靖對楊素所說的這些建言，與酈食其去拜見劉邦的情節相似，詳見《史記．高祖本紀》。其實正史上的楊素非常賞識李靖，還大力提拔他，事見《新唐書．卷九十三．李靖傳》。

⓫拂，拂塵，有神聖、淨化之意，是皇家儀仗中所用到的禮器，呼應「頗僭於上」一句。

⓬第幾，指在堂兄弟之間的排行。唐人在平輩和朋友間慣稱排行，除了寒暄之外，還有論交和婚配之用意。此外，唐代已有名片，稱為「名刺」，上載姓名、官職等資料。因此紅拂女問吏李靖的排行、住處，吏便能據名刺以答。而紅拂女會問李靖的排行，就表示紅拂女已有與李靖婚配（即私奔）之意。

⓭紫衣，隋唐時期三品以上官員才能穿紫袍，平民百姓不得任意穿戴紫色服飾，因此紫衣暗示紅拂女的身分地位貴不可言。戴帽，表示低調出行。杖揭一囊，指紅拂女隨身攜帶的輕便財物。唐朝初年的貨幣制度是「錢帛兼行」，故紅拂女囊中應為布帛或衣物，兼作錢幣使用，可適用於小筆的買賣。而之所以會這麼做，是因為紅拂女知道李靖只是一名貧士，所以才會帶著布帛來找他，以備將來不時之需。

⑭ 閱天下之人多矣，指隋煬帝巡幸、出征時，政事都委託給楊素處理，所以紅拂女便有機會觀察到楊素府中拜謁的公卿和賓客。未有如公者，《舊唐書》稱李靖「姿貌瑰偉」，可知他儀表出眾，加上他對楊素犯顏直諫，又有謀略，與那些趨炎附勢的人不同，因此能贏得紅拂女的芳心。

⑮ 伯仲之次，在兄弟姊妹之間的排行。會主動詢問排行，代表李靖有意與紅拂女成親。

⑯ 指李靖怕得罪楊素，心中焦慮不安。

⑰ 雄服，女扮男裝，為隋唐之世所流行的風尚。

⑱ 大業十三年正月，李淵擔任太原郡留守；七月，正式起兵。由前文可知李靖懼怕楊素的勢力，既然楊素無意重用，那麼李靖必然會快馬加鞭、離開西京；紅拂女已經預料到這件事，因此當機立斷、立刻私奔。至於李靖為何離開西京後就去太原，從後文可知是要去投奔「真人」李世民，因此〈虬髯客傳〉的故事背景，當在大業十三年的正月至七月之間。

⑲ 行次，出行夜宿。靈石，指西河郡靈石縣，在太原郡的西南方。床，此指安放器物的架子，類似於矮桌。唐代旅舍通常不提供飲食，至多只有水酒，附近會有販賣飲食的店家，所以李靖才會兩次外出買胡餅和酒。

⑳ 從頭髮的長度可再度印證紅拂女的身分不是普通百姓，而從李靖在旅舍外刷馬的舉動也可判斷出他並非貴族。

㉑從「忽」字可知三人是偶遇，不是虬髯客刻意與兩人相遇。

㉒指虬髯客看張氏梳頭的舉止雖然不甚禮貌，但也沒有出言挑釁，所以李靖一時之間未能決定要如何處理這種情況。而李靖「怒甚」的表情應當已經被虬髯客所看見，故推知兩人必有關連，引發了虬髯客對兩人的好奇與猜測。

㉓此指紅拂女一隻手放在身後，搖手示意，要李靖不要動怒。因為李靖與紅拂女是私奔的身分，亂世之中應儘量低調，不要節外生枝。

㉔唐人習慣，共姓者必攀親，所以陌生人認識彼此之前，必定先問姓氏。另，唐代律法嚴禁同姓通婚，違者按律處置。

㉕由「喜」、「幸」二字來看，虬髯客對於能結識紅拂女感到非常開心，因為虬髯客見紅拂女在亂世之中隻身出行，應當頗具膽量，所以刻意看紅拂女梳頭，以求關注，想測試這名奇女子是否有識人之明、能看出自己是位不露相的「真人」。但從後文可知，即使以紅拂女識人的層次，也沒能看出虬髯客所隱藏的真實面貌。而從前文李靖是主動詢問紅拂女的排行、虬髯客卻是被動反問來看，可知虬髯客對同為張姓的紅拂女並無任何踰矩之想。

㉖ 郎，唐代女子對丈夫的稱呼，或是長輩對晚輩的稱謂。後文虬髯客對李靖稱「李郎」，是因為虬髯客與紅拂女既然已經用兄妹相稱，那麼李靖自然就成了虬髯客的妹婿，因此順勢稱他為「郎」。環坐，平輩坐法。

㉗ 在唐朝，豬、牛、羊肉為貴族才能享用的食物。

㉘ 三人雖為環坐，然李靖與紅拂女階級有別，與虬髯客相較輩分更低，故只能由他出門去買胡餅。

㉙ 首先，這頭驢子不僅吃肉，而且還吃得很快，表示牠平時就是肉食，與我們一般印象中草食性的驢子相去甚遠。其次，區區一頭跛腳驢竟嗜食羊肉，更反襯出其主人的身分必定既富且貴。

㉚ 異人，懷有特殊本領的人，為虬髯客對紅拂女的評價。何以致斯異人，此為婉曲說法，意指兩人為何會突破階級之別，成為夫妻。

㉛ 有心者，指有心在亂世之中求取功業的人。虬髯客對李靖的評價只是貧士，對紅拂女的評價卻是異人，有看輕李靖之意。李靖聞言，便以機智反擊，欲陷虬髯客於兩難之中。

㉜ 此指李靖不輕易對常人說出意欲在亂世中追隨明主、建功立業之事。一旦說出口，就表示對方知道了李靖謀反的意圖，可能會危及李氏夫婦的性命安全，必須滅口以防不測。而虬髯客一聽就懂了李靖的意圖，明白李靖有意測試自己是否也是「有心者」。

㉝由「疑」字可知虬髯客心中對兩人的身分早已有所推測。由於虬髯客淡然處之，沒有逃走的意思，李靖也可初步推測虬髯客應該並非「常人」。

㉞虬髯客特意讓李靖夫婦看人頭，一是想測試李靖的膽量，二是想知道兩人是否認識這個人。但李靖夫婦似乎沒能看出虬髯客的實力，而是被虬髯客的俠客之舉震懾住了，以為虬髯客只是一名「烈士」而已。本段與唐馮翊子《桂苑叢談．崔張自稱俠》的故事情節有雷同之處，可見俠客以武犯禁之舉，是很受小說家青睞的題材。而從後文可知虬髯客不僅財力雄厚，且有問鼎中原的實力，加上日行千里的坐騎，普通的「負心者」不可能需要耗費上虬髯客十年的心力，因此這個人的身分必定非同小可。

㉟丈夫，英武有志節的男子。李靖不攀附天下重臣楊素，不因貧窮移改鴻鵠之志，也不因虬髯客以人頭示警就退縮，所以讓虬髯客對他的評價完全改觀。

㊱由於李靖夫婦得罪天下權位最崇高的楊素，卻選擇避地太原，就表示太原有可以庇佑他們、實力足以與楊素分庭抗禮的能人異士。

㊲愚，謙詞，通常為年長者的自稱。從「愚」字可確認虬髯客的年紀比李靖更小，而根據正史，此時李靖大約四十七歲。

㊳ 這句話透露兩個意涵：首先，李靖見過天下最有可能即天子位的重臣楊素，但發現他只能是將相。其次，李靖不識虬髯客之真面目，不知虬髯客也是「有心者」。

㊴ 州將之愛子，暗示李世民父子有起兵反隋的實力。

㊵ 正史上劉文靜善於審度時勢，勸李淵父子起兵造反，為開國功臣，封魯國公。前文稱李靖為「衛公」，此卻不稱劉文靜為「魯公」，是因為劉文靜最終被李淵以謀反名義誅殺，因此直接略去「魯公」二字。

㊶ 虬髯客需要藉由李靖與劉文靜的推薦才能見到李世民，也可印證當初李靖是透過層層關係才能見到楊素。

㊷ 李靖之所以有此一問，首先是因為虬髯客才剛殺完人，所以懷疑虬髯客是否有想要追殺「真人」的意圖，而這也就表示李靖只把虬髯客當成性格剛烈的殺手看待。其次，是要確認虬髯客是否也是「有心者」。若是，則兩方志同道合，李靖可以選擇不計前嫌、共事明主；反之，就能以得知李靖謀反意圖為由，殺人滅口，以報輕薄愛妻之舉。從虬髯客的回答，可知虬髯客亦為有心者。

㊸ 虬髯客才剛殺完人，加上蹇驢其行若飛，非一般坐騎，更凸顯虬髯客之怪奇，所以令李靖夫婦感到「驚懼」，也澆熄了李靖想要報復虬髯客的妄念。

㊹ 由於上文提及李靖夫婦是行次旅舍，也就是他們會在靈石縣過夜。因此「促鞭而行」表示他們是見到虬髯

客第二天以後才離開靈石縣。

㊺由於劉文靜擇主而事，若有能人異士可以證明李世民為真命天子，就更能襯托自己的識人之明，所以便對善相的道士殷勤款待。

㊻此指李世民衣著輕便瀟灑、不拘小節。

㊼正史上李世民的外貌確實儀表出眾、異於常人，甚至令驕傲跋扈的將軍都自嘆弗如。《資治通鑑·卷一百八十六·唐紀二·高祖武德元年》：「上（李淵）使李密迎秦王李世民於豳州，密自恃智略功名，見上猶有傲色；及見世民，不覺驚服，私謂殷開山曰：『真英主也，不如是，何以定禍亂乎！』」本文寫虬髯客「見之心死」，與李密的「不覺驚服」可相互印證。

㊽攬衣，暗示李靖的經濟狀況有所改善，所以服裝由短衣換成長袍，變得比較正式，與達官貴人往來時也顯得更為體面。而這要歸功於紅拂女當初私奔時就已經預想到的考量。

㊾此指虬髯客為還李靖引見之恩情，故以巨資為報。從本句亦可推知，李靖以貧士身分，當初必定是想方設法、散盡家財，才能拜謁到楊素這種等級的貴族。

㊿對弈，指道士與劉文靜兩人相對下棋。這兩人的身分相當於帝王（上駟）身邊的將相或軍師（中駟），而

虯髯客與李靖在一旁侍立，顯得兩人的地位為輔佐帝王的士卒（下駟）。

51 顧盼，觀看。煒如，光輝的樣子。由於虯髯客和紅拂女都是虛構的角色，因此作者對他們兩人的描述較為具體。但楊素、李靖、劉文靜、李世民都是正史上的人物，且距離唐末將近三百年，作者無由得見，為免得罪朝廷也不敢多寫，故多以虛筆帶過。

52 若以上駟（虯髯客和李世民）、中駟（道士和劉文靜）、下駟（李靖）的概念來比喻，虯髯客以上駟之姿和李世民較量已確定敗陣。而如果道士對弈劉文靜能勝出，或許勝負猶在未定之數。然而道士一見李世民，便知大勢已去，也就是說中駟之間的較量已無濟於事，因此道士才會「罷弈請去」。

53 李靖一直以為虯髯客與自己地位相當，屬於下駟。但道士這一番話，已經說明虯髯客雖有天子之命，但無問鼎中原之運。

54 從「共入京」可知道士與虯髯客皆住在京城。這就表示天子腳下就有意欲稱帝的英豪，朝廷卻渾然不覺，更顯出隋末朝廷的腐敗、無力治國，也說明了虯髯客何以不把楊素放在眼裡的原因。

55 媿，通「愧」。為虯髯客邀請李靖夫婦到家裡作客的應酬用語。

56 略議從容，乍聽之下，可能是要與李靖談論將來和李世民如何起事；但實際上，是虯髯客的生涯必須重新規劃。

57 從後文可知虬髯客之所以「吁嗟而去」是因為多年努力毀於一旦，稱帝美夢因李世民的出現而化為泡影。

58 由「久候」對比「俄即」，可見虬髯客行蹤之迅捷。

59 非人間，指帝王等級。

60 龍虎之姿，形容虬髯客有帝王的氣勢。本句說明虬髯客平時對外善於隱藏自己，所以李靖夫婦、劉文靜和李世民都誤以為虬髯客只是一名奇人、烈士，只有道士和虬髯客之妻看出他有帝王命格。

61 唐朝三品以上官員，可聽女樂一部，最多為十二人；五品以上，女樂不過三人。所以「牢饌畢陳，女樂二十人，列奏於前，似從天降，非人間之曲度」是指虬髯客的日常用度，已經與皇帝同等。

62 某，男子自稱詞。求事，指逐鹿中原一事。

63 虬髯客認定李世民是「真英主」、「三五年內，即當太平」，與其讓天下經年戰亂、生靈塗炭，不如成人之美、轉戰東南。所以本來已經累積了可以「龍戰三、二十載」的財富與實力，毫不留戀、全數捐出，以造福天下百姓。可知虬髯客胸襟廣大，重視「天下太平」更勝「稱帝之心」。

64 指紅拂女在楊素府中閱天下之人多矣，是不可多得的情報資料庫。

65 《易經．乾卦．文言》：「雲從龍，風從虎」，比喻帝王開創功業時，必定有賢臣相隨。

66 符合虯髯客「太原李氏，真英主也！三五年內，即當太平」的預言。締構之資，建立王業的費用。匡大業，平定天下。

67 符合虯髯客「李郎以英特之才，輔清平之主，竭心盡善，必極人臣」的預言。正史上李靖是任尚書右僕射。

68 符合虯髯客「此後十餘年，當東南數千里外有異事，是吾得志之秋」的預言。海賊，本文據《太平廣記》校改，因編者為北宋人，故稱虯髯客為「海賊」，以警惕有心起事的亂臣賊子。扶餘國，在中國東北，而本文卻稱扶餘在東南，為作者所虛構。

69 作者借用史家的論贊筆法，告誡唐末的藩鎮勿輕舉妄動，不要有取代大唐的意圖。

70 以上三句，為補敘之語。李靖能獻奇策，有張良之才；加上虯髯客所傳之兵法，則有韓信之能。既有文韜、又具武略，一人身兼張、韓之長，深諳縱橫家與兵家之道，以此幫助李世民，自然能無往而不利。這也顯示虯髯客除了有以天下蒼生為念的儒家胸懷、有退讓不爭的道家思想、有資助李靖的墨家之舉，也有領軍作戰的兵家之才。由此可見虯髯客才德兼備，誠然是萬中無一的英雄豪俠！

正午牡丹

藏書畫者，多取空名。偶傳為鍾、王、顧、陸之筆❶，見者爭售，此所謂「耳鑑」❷。又有觀畫而以手摸之，相傳以謂色不隱指❸者為佳畫，此又在耳鑑之下，謂之「揣骨聽聲」❹。歐陽公❺嘗得一古畫——牡丹叢❻，其下有一貓❼——未知其精粗。丞相正肅吳公與歐公姻家❽，一見曰：「此正午牡丹也。何以明之？其花披哆而色燥，此日中時花也。貓眼黑睛如線，此正午貓眼也。有帶露花，則房斂而色澤。貓眼早暮則睛圓，日漸中狹長，正午則如一線耳。」此亦善求古人筆意也❾。

（《夢溪筆談・卷十七・書畫》）

〔天師曰〕

❶ 魏晉名家的作品。鍾，三國魏的著名書法家鍾繇（西元一五一～二三〇年），與王羲之並稱「鍾王」。王，東晉書法家王羲之（西元三〇三～三六一年），有「書聖」之稱。顧，東晉書畫家顧愷之（約西元三四八～四〇五年），以人物畫著稱。陸，南朝宋畫家陸探微（西元？～四八五年），擅長人物畫，與顧愷之、南朝梁張僧繇合稱「六朝三大家」，有「張得其肉、陸得其骨、顧得其神」之譽。

❷ 此指以名聲來判斷作品的價值，缺乏真正的書畫鑑賞能力。

❸ 畫作的色彩看似立體凸顯，但是用手指觸摸起來卻很平滑、沒有顏料堆疊的感覺。

❹ 原為面相學中一種摸骨骼、聽聲音，以判斷一個人的禍福吉凶的方法。在此指以手指接觸畫作，以判斷畫作好壞的鑑賞方式。

❺ 即歐陽脩（西元一〇〇七～一〇七二年），諡號文忠。

❻ 以牡丹為主題的畫作是喜慶祝壽時常見的贈禮，因為牡丹是唐代國花，雍容華貴，有「花王」的美稱。又因其複瓣，與「富」諧音，所以也稱「富貴牡丹」。

❼ 因與「耄」諧音，有「長壽」的寓意，所以成為國畫中常見的素材。唐朝段成式《酉陽雜俎》書中記載：

「貓，目睛暮圓，及午豎斂如綖……俗言貓洗面過耳則客至」，便提到了貓眼中午及傍晚的變化，以及貓招客來富的說法。

❽即吳育（西元一〇〇四～一〇五八年），字春卿，北宋建安人，官至參知政事；因其為人剛正不阿，謚號正肅。姻家，吳公的姪女嫁給歐陽脩的長子歐陽發。由文中稱吳育的謚號，可知此時吳育已經過世，因此在稱其官職時，會按例再往上一階，稱為「丞相」，以示尊敬。

❾本句表達出沈括的審美觀是從藝術品本身的內涵出發，而非名聲或技巧。

種樹郭橐駝傳

郭橐駝，不知始何名。病僂，隆然伏行，有類橐駝者，故鄉人號之「駝」。駝聞之，曰：「甚善，名我固當。」因捨其名，亦自謂橐駝云。其鄉曰豐樂鄉，在長安西。駝業種樹，凡長安豪富人、為觀遊❶及賣果者，皆爭迎取養。視駝所種樹，或移徙❷，無不活，且碩茂、蚤實以蕃。他植者雖窺伺傚慕，莫能如也。

有問之，對曰：「橐駝❸非能使木壽且孳也，能順木之天，以致其性焉爾。凡植木之性：其本欲舒，其培欲平；其土欲故，其築欲密。既然已，勿動勿慮，去不復顧。其蒔也若子，其置也若棄。則其天者全，而其性得矣。故吾不害其長而已，非有能碩而茂之也；不抑耗其實而已，非有能蚤而蕃之也。他植者則不然，根拳而土易，其培之也，若不過焉則不及。苟有能反是者，則又愛之太恩，憂之太勤，旦視而暮撫④，已去而復顧，甚者爪其膚以驗其生枯，搖其本以觀其疏密，而木之性日以離矣。雖曰愛之，其實害之；雖曰憂之，其實讎之，故不我若也。吾又何能為哉？」

問者曰：「以子之道，移之官理⑤，可乎？」駝曰：「我知種樹而已，官理非吾業也。然吾居鄉，見長人⑥者好煩其令，若甚憐焉，而卒以禍。旦暮，吏來而呼曰：『官命促爾耕，勗爾植，督爾穫⑦！』『蚤繅而緒，蚤織而縷⑧！』『字而幼孩，遂而雞豚⑨！』鳴鼓而聚之，擊木而召之⑩。吾小人輟飧饔以勞吏者，且不得暇，又何以蕃吾生而安吾性耶？故病且怠⑪。若是，則與吾業者其亦有類乎？」

問者嘻曰：「不亦善夫！吾問養樹，得養人術焉⑫。」傳其事以為官戒。

（《柳河東集．種樹郭橐駝傳》）

【天師日】

❶ 為觀遊，經營園林。為，營造、經營。觀遊，指可供觀賞遊覽的園林，如公園、道觀、寺廟等。特地將本句析成「豪富人」、「為觀遊」及「賣果者」三種人，便能使「爭迎取養」一句中的「爭」字更加生動且形象化。

❷ 園林通常會有移徙的植物，以凸顯其觀賞遊玩的價值。「或移徙」三字映證了「為觀遊」應獨立為一詞。

❸ 郭橐駝在對話中自稱其名，可見問者很有可能是年紀較大的長輩，或是地位高於農夫的士大夫。而由本文末句「傳其事以為官戒」推測，應為初入仕宦之途的士大夫，藉由詢問民間疾苦以作為日後為官治民的借鑑。

❹ 為互文修辭，即「旦暮而視，旦暮而撫」。

❺ 官理，為官治民的方法。《禮記．中庸》：「人道敏政，地道敏樹」，意謂土地肥沃則樹木繁盛，百姓安樂則政令風行草偃。反過來說，若樹木難以生長，便可知此地土壤貧瘠、地力不足以養活作物；若百姓無法安居樂業，便可推知是政令繁雜、造成人民困擾。因此從種樹之道，可以連結到治民之道。

❻ 人，指人民、百姓。唐代避太宗李世民的名諱，因此以「人」代「民」。

⑦官命，長官下達命令。以下「蚤繰而緒，蚤織而縷」亦省略「官命」。促、督，表達出官吏對待百姓的嚴厲語氣。勗爾植，指官吏要人民細心栽種作物，讓作物茁壯繁茂。按理來說，春天耕耘、夏天種作、秋天收穫。因此耕、植、穫三字是以不同的動詞暗示官吏會隨著季節的更迭而不斷侵擾百姓。以上三句為徵收秋季田租的官吏對百姓所說的話。

⑧繅，煮繭抽絲。而，通「爾」，下三句「而」字同，作者以不同的用字暗示說這兩句話的官吏和前面徵收秋稅的官吏不是同一人。「蚤」字的重複，強調差吏以上欺下的形象。緒，蠶繭抽絲的起點，與下句的「縷」字押韻。以上兩句為徵收夏季布帛的官吏對百姓所說的話。「促爾耕，勗爾植，督爾穫」、「蚤繰而緒，蚤織而縷」所呈現的是差吏受到長官的壓力，所以早在夏、秋兩季收稅之前就不斷去催促百姓提早耕種、收穫、織布，以趕上收稅的期限。

⑨字、遂，皆有養育之意。字而幼孩，反映出唐德宗年間天災人禍不斷，嬰幼兒存活率不高的情形。遂而雞豚，為官吏暗示百姓要以肉食招待的索賄之意。

⑩木，即木梆，古代用以召集人群、警示或巡夜打更的器具。官吏之所以時常要「鳴鼓而聚之，擊木而召之」，是為了防範百姓逃跑，以確保稅收來源。

⑪ 指官吏不斷打擾百姓，使百姓無暇去增加農穫、得到穩定的生活。「旦暮……病且怠」一段，是作者藉由郭橐駝之口寫中唐兩稅法的弊病與缺失。

⑫ 樹、術，諧音雙關。本句與《莊子．庖丁解牛》文末的「善哉！吾聞庖丁之言，得養生焉」有異曲同工之妙。

靖郭君善齊貌辨

靖郭君善齊貌辨❶。齊貌辨之為人也多疵，門人弗說。士尉以証靖郭君❷，靖郭君不聽，士尉辭而去。孟嘗君又竊以諫，靖郭君大怒曰：「剗而類，破吾家❸，苟可慊齊貌辨者，吾無辭為之。」於是舍之上舍，令長子御，旦暮進食。

數年，威王薨❺，宣王❻立。靖郭君之交，大不善於宣王，辭而之薛❼，與齊貌辨俱留。無幾何，齊貌辨辭而行，請見宣王。靖郭君曰：「王之不說嬰甚，公往必得死焉。」齊貌辨曰：「固不求生也，請必行。」靖郭君不能止。

齊貌辨行至齊，宣王聞之，藏怒以待之。齊貌辨見宣王，王曰：「子，靖郭君之所聽愛夫！」齊貌辨曰：「愛則有之，聽則無有。王之方為太子❽之時，辨謂靖郭君曰：『太子相不仁，過頤豕視，若是者信反⑨。不若廢太子，更立衛姬嬰兒郊師。』靖郭君泣而曰：『不可，吾不忍也。』若聽辨而為之，必無今日之患⑩也。此為一。至於薛，昭陽請以數倍之地易薛，辨又曰：『必聽之。』靖郭君曰：『受薛於先王，雖惡於後王⑪，吾獨謂先王何乎⑫！且先王之廟在薛，吾豈可以先王之廟與楚乎⑬！』又不肯聽辨。此為二。」宣王大息，動於顏色，曰：「靖郭君之於寡人一至此乎！寡人少，殊不知此。客肯為寡人來靖郭君乎⑭？」齊貌辨對曰：「敬諾。」

靖郭君衣威王之衣冠⑮，舞其劍⑯，宣王自迎靖郭君於郊，望之而泣。靖郭君至，因請相之。靖郭君辭，不得已而受。七日，謝病強辭。靖郭君辭不得，三日而聽。

當是時，靖郭君可謂能自知人矣！能自知人，故人非之不為沮⑰。此齊貌辨之所以外生、樂患、趣難者也⑱。

（《戰國策・齊策一・靖郭君善齊貌辨》）

〔天師目〕

❶ 靖郭君，媯姓田氏，名嬰。為孟嘗君田文之父，齊威王的兒子，齊宣王的弟弟。善，此指寵信。齊貌辨，靖郭君門下食客。

❷ 士尉，齊人。士，指身分地位；尉，人名。証，諫正。

❸ 剗，消滅。而類，你們。這句話是對門下食客而言。破吾家，使自己家破身亡。這句話是對孟嘗君而言。

❹ 指靖郭君為滿足齊貌辨，不惜犧牲一切。

❺ 威王，即齊威王，媯姓田氏，名因齊。薨，諸侯過世。齊國國君僭越侯國身分、不再稱侯而跟天子一樣自稱為王，便是自齊威王開始。

❻ 即齊宣王，媯姓田氏，名辟疆。曾向孟子請教稱霸天下之術，事見《孟子．梁惠王上》。

❼ 田嬰為威王少子，備受寵愛，並受封薛邑。辭，辭別，此指離開齊國首都臨淄。薛，指任姓薛國，在今山東省滕縣東南，祖先為發明車子的黃帝後裔奚仲。

❽ 按理諸侯國國君的繼承人稱為「世子」，王的繼承人才能稱為「太子」。然因齊威王已僭越禮制稱王，故其繼承人亦僭越等級，以太子稱之。

❾ 過頤，指反骨的面相，又稱耳後見腮，據說是一種恩將仇報、背信棄義的面相。豕視，像豬的眼睛一樣，

黑白不明、下邪偷視，為心術不正，貪而多欲的不仁之相。信，當為「倍」。信反，指胡作非為。

⑩患，指靖郭君和齊宣王關係不好，以至於靖郭君離開都城回到薛地這件事。

⑪先王，指齊威王。後王，指齊宣王。

⑫指如果將薛地換給楚國，將無法向死去的齊威王交代。

⑬宗廟是國家存亡的象徵，宗廟所在地如果受到侵擾，國家必須出兵保衛。因此靖郭君如果答應楚國的要求，齊宣王就必須出兵征討楚國，以保衛薛地。

⑭來，此指為齊宣王邀請田嬰至齊國首都臨淄。宣王此舉，意在對靖郭君釋出善意，透露願意與之和解、修好的訊息。

⑮第一個「衣」字為動詞，第二個「衣」字為名詞。按理活人不該穿死人的衣服，除非生者與死者是至親關係，以穿死者的衣服表達生者對死者的眷戀、懷念。

⑯劍是周代貴族身分地位、乃至於王權的象徵。靖郭君佩帶齊威王的劍，其用意不言可喻。

⑰非，反對。沮，威脅、恐嚇。此指靖郭君寵信齊貌辨，即使屢次遭受到旁人的反對也不為所動。

⑱外生，將生死置之度外。樂患、趨難，指視死如歸、樂於赴難之意。「當是時」一段，為史官論贊之語，對靖郭君的用人不疑，以及齊貌辨的知恩圖報，皆給予了高度的肯定。

馮諼客孟嘗君❶

齊人有馮諼❷者，貧乏不能自存，使人屬孟嘗君❸，願寄食門下。孟嘗君曰：「客何好？」曰：「客無好也。」曰：「客何能？」曰：「客無能也。」孟嘗君笑而受之，曰：「諾❹。」左右以君賤之也，食以草具❺。

居有頃，倚柱彈其劍❻，歌曰：「長鋏歸來乎！食無魚❼！」左右以告。孟嘗君曰：「食之，比門下之客。」居有頃，復彈其鋏，歌曰：「長鋏歸來乎！出無車❽！」左右皆笑之，以告。孟嘗君曰：「為之駕，比門下之車客。」於是乘其車，揭其劍，過其友，曰：「孟嘗君客我❾！」後有頃，復彈其劍鋏，歌曰：「長鋏歸來乎！無以為家！」左右皆惡之，以為貪而不知足。孟嘗君問：「馮公❿

有親乎？」對曰：「有老母。」孟嘗君使人給其食用，無使乏。於是馮諼不復歌。

後，孟嘗君出記，問門下諸客：「誰習計會，能為文收責於薛者乎？」馮諼署曰：「能。」孟嘗君怪之，曰：「此誰也？」左右曰：「乃歌夫長鋏歸來者也。」孟嘗君笑曰：「客果有能也。吾負之，未嘗見也。」請而見之，謝曰：「文倦於事，憒於憂，而性懧愚，沉於國家之事，開罪於先生⑪。先生不羞，乃有意欲為收責於薛乎？」馮諼曰：「願之。」於是約車治裝，載券契⑫而行。辭曰：「責畢收，以何市而反？」孟嘗君曰：「視吾家⑬所寡有者。」

驅而之薛，使吏召諸民當償者，悉來合券。券徧合，起矯命以責賜諸民，因燒其券，民稱萬歲。長驅到齊，晨而求見⑭。孟嘗君怪其疾也，衣冠而見之，曰：「責畢收乎？來何疾也？」曰：「收畢矣。」「以何市而反？」馮諼曰：「君云『視吾家所寡有者』。臣⑮竊計，君宮中積珍寶，狗馬實外廄，美人充下陳。君家所寡有者以義耳！竊以為君市義。」孟嘗君曰：「市義奈何？」曰：「今君有區區之薛，不拊愛子其民，因而賈利之。臣竊矯君命，以責賜諸民，因燒其券，民稱萬歲。乃臣所以為君市義也。」孟嘗君不說，曰：「諾！先生休矣⑯！」

後朞年，齊王謂孟嘗君曰：「寡人不敢以先王之臣為臣⑰。」孟嘗君就國於薛，未至百里，民扶老攜幼，迎君道中。孟嘗君顧謂馮諼曰：「先生所為文市義者，乃今日見之。」

馮諼曰：「狡兔有三窟，僅得免其死耳。今君有一窟，未得高枕而臥也。請為君復鑿二窟。」孟嘗君予車五十乘⑱，金五百斤⑲，西遊於梁，謂惠王⑳曰：「齊放其大臣孟嘗君於諸侯，諸侯先迎之者富而兵強。」於是梁王虛上位，以故相為上將軍，遣使者，黃金千斤，車百乘㉑，往聘孟嘗君。馮諼先驅，誡孟嘗君曰：「千金，重幣也；百乘，顯使㉒也。齊其聞之矣。」梁使三反㉓，孟嘗君固辭不往也。

齊王聞之，君臣恐懼，遣太傅㉔齎黃金千斤，文車二駟㉕，服劍㉖一，封書謝孟嘗君曰：「寡人不祥，被於宗廟之祟，沉於諂諛之臣，開罪於君。寡人不足為也，願君顧先王㉗之宗廟，姑反國統萬人乎？」馮諼誡孟嘗君曰：「願請先王㉘

之祭器，立宗廟於薛。」廟成，還報孟嘗君曰：「三窟已就，君姑高枕為樂㉙矣！」

孟嘗君為相數十年，無纖介之禍者，馮諼之計也㉚。

（《戰國策・齊策四・馮諼客孟嘗君》）

〔天師曰〕

❶《史記．孟嘗君列傳》中有門人魏子至薛地收債、替孟嘗君施恩，幾年後孟嘗君得到薛地人民回報的記載，其事與本文的內容相近。孟嘗君，媯姓田氏，名文，封地在薛地之南的嘗邑，為齊國宗室大臣，戰國養士四公子之一。

❷馮諼，《史記．孟嘗君列傳》中作馮驩。馮，姬姓，其先祖來自魏地馮邑，故馮諼並非齊人，實為魏國貴族。諼，欺詐。若結合二字的字義來看，則馮諼的名字似寓有「來自魏地馮邑的騙子」之意。

❸此指馮諼雖貧乏，仍遵守士大夫的禮節，透過他人介紹才見到孟嘗君。

❹諾，表示同意的應答聲。根據《禮記．玉藻》：「『唯』恭而速，『諾』緩而慢」，以及《禮記．曲禮上》：「父召無『諾』，先生召無『諾』，『唯』而起」，可知「唯」是對於尊長的應答之詞，表示恭敬的意思，而「諾」則是用於平輩。故孟嘗君用「諾」回答馮諼，有怠慢之意。

❺草具，借代粗劣的食物。馮諼的身分是貴族，這種安排帶有輕蔑、侮辱之意。

❻劍，根據《太平御覽．兵部七十五．劍下》引《賈子》：「古者天子二十而冠，帶劍。諸侯三十而冠，帶劍。大夫四十而冠，帶劍。隸人不得冠，庶人不帶劍」，可知佩劍是古代貴族身分地位的象徵。即使貧乏

到無法養活自己的地步，馮諼依然隨身佩劍，用以宣示「士庶有別」。

❼ 馮諼高唱「食無魚」，是在諷刺孟嘗君怠慢了他，因為自己的身分為貴族，待遇不該跟平民一樣只吃蔬食。周代根據不同階級，在日常生活方面都有著不同的規範。參見《國語・觀射父論祀牲》。

❽ 出門有車代步，為大夫等級的貴族才能享有的待遇。

❾ 客我，用上等食客的待遇對我；主詞使用孟嘗君，而非「我客於孟嘗君」，顯示馮諼將自己優渥的待遇歸功於孟嘗君。以上幾句表面上是馮諼在友人面前炫耀自己平步青雲，實際上是在為孟嘗君宣揚他禮賢下士的行為。馮諼此舉有如「千金買骨」，其他人知道了這件事，一定也會爭先恐後投入孟嘗君門下。所以馮諼在得到大夫的待遇之後，就已經以孟嘗君的家臣身分自居，在為他招攬人才了。

❿ 此處特意稱馮諼為「馮公」，表示孟嘗君態度謙下，似有為自己的怠慢認錯之意。

⓫ 此指孟嘗君以「處理國事」作為怠慢馮諼的理由，也反映出齊國大權掌握在孟嘗君手上的事實。

⓬ 券契，債券契約。周代的債券稱為「傅別」，「傅」是指記載債務的簡牘，「別」是指將簡牘一分為二，雙方各執一半。收債時，雙方將自己的一半簡牘拿出來核對檢驗，稱為「合券」。券合而無誤，便可將券契銷毀，清銷債務。

⑬家，指大夫所統治的區域，與諸侯的「國」相對。

⑭此指馮諼急於求見孟嘗君。

⑮臣，臣下對國君的自稱詞。根據本文，馮諼從投入孟嘗君門下至今，這是第一次用自稱詞。《禮記・禮運》：「仕於公曰臣，仕於家曰僕」，意指效力於國君的大夫自稱為「臣」，效力於大夫的士自稱為「僕」。在此馮諼自稱為臣，一方面表示馮諼以孟嘗君的家臣自居，有宣誓效忠之意；另一方面則將孟嘗君的地位提升至國君，反映出戰國時期大夫的權勢已經僭越了諸侯國國君的情況。

⑯此指孟嘗君心中不悅，但是卻沒有以言語表達對馮諼的不滿。由此可知，相較於義或錢財，孟嘗君覺得最重要的是收買食客、不要開罪於食客。孟嘗君曾勸父親靖郭君遠離食客齊貌辨，然而齊貌辨卻以生命回報靖郭君的知遇之恩，這個事件對孟嘗君而言是個很好的學習典範。深究本文，顯然孟嘗君只學到了以錢財收買人心的皮毛，並沒有學到父親知人善任的一面，所以才會怠慢馮諼長達兩年之久。

⑰齊王，此指齊湣王，媯姓田氏，名地。寡人，諸侯國君的自稱。先王之臣，指齊宣王在位時，孟嘗君曾經在田嬰死後接替相國的職位。齊湣王七年，貴族田甲劫持了齊湣王，不久事敗。齊湣王懷疑幕後主使是孟嘗君，孟嘗君因此出走至魏。

⑱乘，四匹馬所拉的兵車。《孟子．梁惠王上》：「萬乘之國弒其君者，必千乘之家，千乘之國弒其君者，必百乘之家。」國，指諸侯國。家，指輔佐國君的家臣、大夫。身為齊國的重臣，孟嘗君能派五十輛兵車隨馮諼出使他國，可推知其實力應超過百乘。

⑲金，黃金。斤，古代的計量單位，一斤相當於一鎰，約二十兩或二十四兩。一說為青銅。由下文出現「黃金」一詞來看，則此處的「金」似為青銅。

⑳梁，即魏國。惠王，即魏惠王，《孟子》中稱梁惠王，《莊子．養生主．庖丁解牛》中稱文惠君。由於魏惠王在齊湣王即位之前已經去世多年，此處疑為魏昭王之誤。

㉑百乘，相當於一個小國的兵力。孟嘗君自身的實力也超過百乘，因此出動百乘的規格去迎接孟嘗君，才足以顯示魏國的誠意與決心。

㉒顯使，此指魏國為了請孟嘗君為相，願意出動將近一個小國的兵力護送他；若他國想介入此事，魏國將不惜一戰。

㉓百輛兵車三次往返，顯示魏國為得孟嘗君不惜動武的決心。

㉔太傅，西周時期朝廷的輔佐大臣，並身兼帝王或太子的老師，掌管禮法的制訂與頒布；若君王為年幼繼位，

太傅可代為管理國家。戰國時齊、楚二國也設置太傅。魏晉以後，太傅多為虛銜。

㉕文車，紋飾精美的馬車。駟，四匹馬拉的車，為諸侯國君級別的規格。

㉖服劍，佩劍。此指齊湣王的佩劍，象徵親臨。

㉗先王，指齊威王。

㉘先王，指齊威王，一說為齊宣王。

㉙三窟，一是薛地人民的愛戴，二是孟嘗君在國際之間的地位，三是齊國君臣對孟嘗君的忌憚。高枕為樂，形容平安無事，無須擔憂。

㉚文末以「無纖介之禍」總結馮諼的三窟之計的高明，為史官對馮諼的論贊之語。在〈靖郭君善齊貌辨〉的文末，史官盛讚靖郭君有知人之明；而本文的史官卻認為孟嘗君的一生順遂要歸功於馮諼，並非孟嘗君本人有特殊的才德。父子二人在史官心中的評價，可謂高下立見。

蒹葭

蒹葭蒼蒼，白露為霜。所謂❶伊人，在水一方。
溯洄從之❷，道阻且長；溯游從之，宛在水中央。
蒹葭萋萋，白露未晞。所謂伊人，在水之湄。
溯洄從之，道阻且躋；溯游從之，宛在水中坻。
蒹葭采采，白露未已❸。所謂伊人，在水之涘。
溯洄從之，道阻且右❹；溯游從之，宛在水中沚❺。

（《詩經．秦風．蒹葭》）

〔天師曰〕

❶「所謂」一詞，前面省略了主詞，使得本詩的旨意曖昧不明。若主詞是「我」，則本詩應為詩人自己的興發感嘆；若主詞為「他」，則為詩人之聽聞。

❷在淩晨見到對岸有人，沒有確認對方是誰便直接往上游走去，不合邏輯。

❸「白露為霜」、「白露未晞」、「白露未已」是層遞修辭，以秋天清晨露水的狀態來表達時間上的推移。

❹右，上方。《史記．卷八十一．廉頗藺相如列傳》：「既罷歸國，以相如功大，拜為上卿，位在廉頗之右。」一說為迂迴曲折。

❺水中沚，水中沙洲。《爾雅．釋水》：「小洲曰渚。小渚曰沚。小沚曰坻」，可知沚略大於坻。若水中央、水中坻、水中沚皆為實指，那就表示「伊人」在水面上移動了不只一次：先由岸邊翩然飄到水面，再移動到小沙洲，然後又飛躍到更大的沙洲。如此不可思議的情景，可想而知目擊者當時心中有多震撼、多驚詫了！

北冥有魚

北冥有魚，其名為鯤。鯤之大，不知其幾千里❶也。化而為鳥❷，其名為鵬。鵬之背，不知其幾千里也；怒而飛，其翼若垂天之雲。是鳥也，海運❸則將徙於南冥。南冥者，天池也。齊諧者，志怪者也❹。諧之言曰：「鵬之徙於南冥也，水擊三千里，摶扶搖而上者九萬里❺，去以六月息❻者也。」野馬❼也，塵埃也，生物之以息相吹也。天之蒼蒼，其正色邪？其遠而無所至極邪❽？其視下也，亦若是則已矣❾。且夫水之積也不厚，則負大舟也無力。覆杯水於坳堂之上，則芥為之舟；置杯焉則膠，水淺而舟大也。風之積也不厚，則其負大翼也無力❿。故九萬里，則風斯在下矣，而後乃今培風⓫；背負青天而莫之夭閼⓬者，而後乃今將圖南。

（《莊子・逍遙遊・北冥有魚》）⓭

〔天師曰〕

❶周代的一里若指長度，約當現代的四百公尺；若指面積，約當零點一六平方公里。從自然科學的角度研判，能在海中綿延數百公里之長的生物，當世無解；若為現象，則應為「洋流」。

❷在「鯤」為「洋流」、且「鵬」亦為自然現象的前提下進行推論，則本句當指洋流流經的海域所產生的水氣以及溫度上的氣候變化。

❸據晚清經學家王闓運《莊子義解》，為「颶風」之意。清王士禛《香祖筆記》：「臺灣風信與他海殊異，風大而烈者為颶，又甚者為颱。颶倏發倏止，颱常連日夜不止。正、二、三、四月發者為颶，五、六、七、八月發者為颱。」由下文「去以六月息」來看，海運一詞當指颱風而非颶風。

❹齊諧，人名。一說為書名。志怪，記載怪誕不經的事情。

❺摶，憑藉。扶搖，自下盤旋而上的暴風。九萬里，約現今的三萬六千公里。由於大氣層的厚度約兩千公里，因此這裡的九萬里可能指的不是高度，而是面積。若為面積，則三萬六千平方公里，相當於臺灣本島的大小。

❻六月息，指六月分時海面擾動所產生的大風，亦即颱風。此指大鵬鳥要遷徙時，必須憑藉農曆六月時海面上所產生的大風才能往南飛行。莊子所處的戰國時代雖然夏、商、周三種曆法並行，但是從海運一詞來看，

這裡的六月約當現今的農曆六月，亦即國曆七月，也就是颱風開始自海面上生成的月分。

⑦ 游動的薄雲或水蒸氣，此指高空上游動的雲氣。一說為海市蜃樓。

⑧ 「天之蒼蒼……無所至極邪」兩個問句，代表作者認為天空之寬廣應遠超過人類的視野所見。也或許是作者已經確知人類的雙眼所見有限，而蒼天是無邊無際的，故反向詰問讀者，以引發後起含生之反思。

⑨ 此指大鵬鳥從天空的角度往下俯視人類，應該也只能從宏觀的角度看到概略的景象，而看不到更精緻的細節。

⑩ 「且夫水之積也不厚」至「則其負大翼也無力」一段，是從文學的角度去描述自然科學中的「浮力」，即物體在流體（液體和氣體）中受到的力。

⑪ 以上兩句即為「白努利定律」的文言文版。培風，指「乘風」，亦即大鵬鳥飛行的時候，空氣會分別從上下兩面流過。由於體型的緣故，從大鵬鳥上方流動的空氣速度會比較快，所以風壓小；從下面流動的空氣速度慢，所以風壓大。由此產生推力，也就是空氣動力學中的「升力」。

⑫ 天閼，指阻礙、遮攔，即空氣動力學中的「阻力」。

⑬ 〈北冥有魚〉是《莊子．逍遙遊》的第一則寓言故事。「北冥有魚……徙於南冥」一段，為古人敘述海洋

的自然現象（洋流）及此現象海域上空的變化（氣候）。「齊諧者」為補充出處，並以連續的問句表達出對自然現象所興發之感嘆。「且夫水之積也不厚……今將圖南」，是古人將自然現象視為生物，並試圖解釋這兩種生物生存所需的物理原理（液體和氣體的浮力）。作者藉由一系列的自然現象去引發讀者省思自身存在的侷限與渺小，從而體現出道家思想中「道法自然」的真諦。

渾沌開竅

南海之帝為儵，北海之帝為忽❶，中央之帝為渾沌❷。儵與忽時相與遇於渾沌之地，渾沌待之甚善。儵與忽謀報渾沌之德，曰：「人皆有七竅以視聽食息❸，此獨無有❹，嘗試鑿之❺。」日鑿一竅，七日而渾沌死❻。

（《莊子・應帝王・渾沌開竅》）❼

【天師曰】

❶儵，通「倏」。倏忽，合起來就是突然、忽然之意。

❷渾沌，也作「混沌」，指一種超越時間、空間，難以用言語形容的狀態。

❸七竅，指人用以接受外界刺激的五種感覺器官，即兩隻眼睛、兩個耳朵、兩個鼻孔及一個嘴巴。

❹此，指渾沌。無有，沒有、缺乏。渾沌無形無狀，無始無終，故無形體，自然不會有七竅。也由於祂是無限的存在，所有的一切都包含在祂自身中，因此也就不需要視、聽、嗅、味、觸等感官作用。

❺此指讓渾沌有五官七竅，用以視、聽、食、息。換句話說，就是讓渾沌像人一樣有形體、生命，以認識世界、體驗世界。

❻此指渾沌在有了形體之後，就有了生命；有了生命，自然免除不了死亡。七日，用以比喻生命之短暫，呼應「南海之帝為儵，北海之帝為忽」的隱喻。

❼〈應帝王〉，《莊子．內篇》的最後一篇。〈渾沌開竅〉是本篇中最後一則寓言故事，為道家哲學的認識論，表達出以感官認識世界之侷限，從而打破人類的相對性認知，啟發人類思考生命的價值與永恆的意義。

國家圖書館出版品預行編目資料

國文爆卦公社：腦洞大開的19堂古文說書課／吳慧貞著.——初版三刷.——臺北市：三民，2023
面；　公分.——（Culture）

ISBN 978-957-14-7485-4（平裝）
1. 國文科 2. 讀本

836　　111010244

國文爆卦公社：腦洞大開的 19 堂古文說書課

作　　者　吳慧貞
發 行 人　劉振強
出 版 者　三民書局股份有限公司
地　　址　臺北市復興北路 386 號 (復北門市)
　　　　　臺北市重慶南路一段 61 號 (重南門市)
電　　話　(02)25006600
網　　址　三民網路書店 https://www.sanmin.com.tw

出版日期　初版一刷 2022 年 8 月
　　　　　初版三刷 2023 年 9 月
書籍編號　S821170
I S B N　978-957-14-7485-4

三民書局